新 潮 文 庫

ケーキ王子の名推理《スペシャリテ》5

七 月 隆 文 著

新 潮 社 版

11320

contents

ケーキ王子の
名推理《スペシャリテ》

5

Spécialité
du prince des gâteaux

Prologue légèrement long（少し長いプロローグ）

文化祭が終わったばかりの校内で、人目を避けることは難しい。

「じ、じゃあねっ……」

「ああ」

だから未羽《みう》と颯人《はやと》は、教室から逃げるように正門まで来て、せわしなく挨拶《あいさつ》を交わしていた。

つい先ほどまで二人にあった濃密な空気は跡形もない。

人目を避けたい理由は気恥ずかしさ。もちろんそれもある。でも未羽にとっては、もっと大きなものがあった。

向かい合う彼をみつめる。

最上《もがみ》颯人。

校内で『冷酷王子』と冠される超絶イケメン。

清潔感と、才能と、自分が一番と疑わぬ自信がオーラとなって放たれ、群衆の中でくっきりと輝く選ばれし人。今まで何人もの女子に告白され、すべてを断ってきた。

そんな彼に、さっき、熱い告白をされた。

未羽は、受けた。

付き合うことになった。

ばれたら大変だ。

颯人はこちらに軽く目をふれあわせたあと、背を向け、歩み去っていく。

あっというまに遠ざかっていく後ろ姿。

ずっと見送っているわけにもいかず、未羽は颯人とは違う道から帰りはじめる。

一人になると、一歩ごとに感覚が日常に戻っていき、さっきの出来事は本当だったのかと思えてくる。

証拠はちゃんと残っている。

手に持っている、白いケーキ箱。

その中に入っている、わたしだけのケーキ《アプリコットのタルト》。


『好きだ』

誰もいない教室で、うしろから抱きしめられた感触を思い出し、未羽はじわあっと痺《しび》れる。

　たしかにあれは本当だった。

　声も、表情も、仕草も、これまで知らなかったものを向けられた。見せられた。

　胸の奥が、とくとく動く。

　未羽はスマホを取り出し、颯人とのトーク履歴を開いた。


『来た！』

『了解』


　昨日の文化祭初日、カロリーヌが模擬店に来たことを報《しら》せたやりとりが最新。

　――このときはまだ付き合ってなかったんだな。

　こんなふうになるなんて、これを送ったときの自分は欠片《かけら》も思っていなかった。

　ほんの昨日のことなのに、今とはぜんぜん違っている。そんな不思議な心地とともに画面をみつめる。

　と、颯人から新たなメッセージが入った。


『これからよろしく』

いつもの彼だ。見た瞬間、未羽は感じた。

短い言葉に、彼らしい不器用な律儀《りちぎ》さがにじんでいる。

だから未羽は、なんだかほっとしたような気持ちになって、苦笑いした。

＊＊＊

「「「きゃぁああおおおおおおおおおう!!」」」

有村《ありむら》家のダイニングに、悲鳴とも歓声ともつかない奇声が轟《とどろ》いた。

未羽の母、姉、妹が、さながら昭和の玩具《おもちゃ》のように上下に跳ねる。

「誰もいない教室！」

「ケーキで告白！」

「楽しかった文化祭！」

卒業式のごとく言った。

テンション高らかな女子三人の向こうで、父はソファの隅っこで愛犬のトラッキーをじっと抱いている。

「――で、それがこのケーキ、と」

「うん……」

未羽は照れつつ答えた。

テーブルには白いケーキ箱。有村家ではこういうことも普通にオープンされる。颯人の知らないところで軽い処刑が行われていた。

「よし」

元ヤンの母がぱきっと言って、箱を開けにかかる。

姉と妹がディズニーに行ったときの表情でそれをみつめる。

箱から——あのタルトが引き出された。

「おお、うまそう！」

「ツヤツヤしてる」

「このフルーツ、何？」

妹、翼《つばさ》の問いに未羽は答える。

「……アプリコット」

「なんで照れてんの」

姉、翔子《しょうこ》の追及。未羽は唇をもにょもにょさせながら、

「……わたしなんだって」

「え？」

「わたしをフルーツにたとえると、アプリコットなんだって」

二度目の奇声が轟いた。

「アプリコッッットッ!!」

翼が甘さにのけぞる。

「おお……おおぅ……」

怖いものなしだった元ヤンリーダーの母、秋穂《あきほ》が乙女の顔でわなわな震えている。

「あんた前世でどんな徳を積んだの……？」

翔子は耐えられないというふうに顔を覆《おお》った。

「なんで私の高校時代には最上くんがいなかったの？」

「そうだよ……あんまりだよ、こんな青春格差……」

隣の翼も顔を覆い、姉妹で嘆きの壁と化した。

「未羽ねえは神……恋愛神……」

「恋愛神て」

「未羽、ちょっとさわらせてもらっていい？」

「え、やだ」

「じゃあ拝む」

翔子が内に溜《た》めていた闇《やみ》をにじませ始めた。

「あたしも拝も……王子……運命……」

翔子と翼が、未羽に向かって両手を擦《こす》り合わせる。

「ママも……」

「ママはおかしいよね!?」

恋愛神即位の礼が始まった。


『よかったね』

報告を聞いた友人の悠希《ゆうき》が、いつもと変わらない穏やかな声で言った。

「ありがとね」

未羽はベッドで仰向けになっている。

後夜祭で、いきなり現れた颯人に混乱していた未羽を最後にアシストしてくれたのが悠希だった。

『未羽』

「ん?」

『何かあったら、ちゃんと言ってね』

彼女の言わんとすることが、理解できた。

「やっぱ大変かなあ」

王子の恋人ポジションは。

『うーん』

悠希は困ったふうに濁す。

これまで噂《うわさ》になっただけで机を囲まれ、トラブルにも遭ってきた。そう思うと、ちょっと気が重い。

『でも、堂々とすべきだよ』

悠希はきっとそうするのだろう。未羽は思った。

「なんだけどね……」

寝返りを打つ。

『とりあえず明後日、学校で』

「うん」

『おめでとう』

「ありがと。じゃあ」

通話を切るため画面に親指をのせたとき、ＬＩＮＥのメッセージが届いているのが見えた。

漣《れん》からだ。

今日の文化祭で会ったことの挨拶と、それから……校舎裏でした告白についてそれとなくふれていた。

「…………」

唇に力がこもる。

鼻から息を抜く。

スマホを置いて、反対側に向きつつ目を瞑《つむ》り、眉間《みけん》にみしみしと皺《しわ》を寄せる。

そして。

「——ぁあっ！」

勢いよく反転し、スマホを摑《つか》んだ。

それから石碑に刻むような丁寧さで颯人と付き合うことになった旨《むね》を綴《つづ》り、重大なスイッチを押す感覚で送信した。

すぐに既読がついた。

この向こうに彼がいる。これを読んだ。

じりじりとした時間。

スマホを放って、風呂《ふろ》にでも行ってしまいたい。

そうしようかと思った瞬間、届いた。

「…………」

スタンプ一つでこんなにもほっとさせられるのかと思った。

『かなんなぁ』

未羽の高校二年の文化祭は、このようにして終わった。

un

ドラジェ

1

代休が明け、未羽は通学路を歩いていた。

学校が近づき、同じ制服姿がたくさん合流してくる。

未羽は颯人の姿を捜していた。

理由はちょっとだけ複雑で、無理やりひと言でまとめると「こわい」になる。

会いたい気持ちと緊張が同じくらいあって、いずれにせよ心臓が大変なことになりそう。だから広い意味で「こわい」。

――うー……。

実はあれからＬＩＮＥすらまともに交わしていない。今朝も「おはよー」と送ろうかと思った。付き合っているのだし。でも。

――急にベタベタするの嫌がるかもなぁ。

などと躊躇《ためら》っているうち……ここへ至ってしまった。

先の道が二手に分かれている。

このまま国道沿いを直進する通常ルートと、脇《わき》に入っていく細い道。

細い道には、ペアの男女のみが入っていく。工場のコンベアのごとく、きれいに選り分けられていた。

通称カップルロード。

その名のとおり、カップルのみが通行可という鉄の不文律がある池上高校の名物だ。

あそこを見るたび思い出す。

元カレに振られた直後、うっかりソロで入ってしまい大変気まずい思いをしたこと。

しかもそこで颯人と遭遇し、会話しているところをみんなに見られて……色々とあった。

あのときは、こんなふうになるなんて思っていなかった。

颯人とあそこを一緒に歩いたらどうなるだろう？

道に入っていくカップルたちの姿を眺めつつ、未羽はぼんやりと妄想を浮かべる。

他のカップルたちがいっせいに振り向き、驚く。

隣にはあのすらっとした王子が、恋人としていて。

自分は恥ずかしくてうつむいてしまうのだけど、彼は大丈夫だという笑みで手をつないできて……ぽわぽわ。

「有村」

「きゃあっ⁉」

横に颯人がいた。

悲鳴を上げた未羽を怪訝《けげん》そうに見てくる。

彼の姿を視界に入れた刹那《せつな》、胸がばくん、と膨れた。

「ご、ごめ！　違くて……」

やばい。

「お、おはようっ！」

テンションがおかしい。

彼がいつもより光って映る。鼓動が駆けるように動き、顔に血が集まるのがわかった。思っていた以上だ。

そんな未羽の様子に、彼が頭をかきながら聞いてくる。

「どうした？」

「えっ、べつに？　なんでも？」

釈然としないふうに、寄ってきた。

未羽は、ざっ！　と後ずさった。

変な間ができる。

「…………」

彼の眉間《みけん》に深い縦じわ。

末羽は目を逸《そ》らす。——と、まわりの生徒たちがこちらに気づき始めていた。

やばい。

「で、ではまたっ！」

若干変な口調になりつつ、そそくさと離れた。

と。

「おい」

——なぜ追ってくる。

野生の熊《くま》か。

「最上くん、まずいって」

末羽は仕方なく小声で囁《ささや》く。

「何がだ」

「めっちゃ見られてるじゃん！　だから……」

言いつつ、末羽は颯人を振り切るべくさらに早足になった。

がしっ。

手首を摑《つか》まれた。

「見られているから、なんだ」

颯人が珍しいほどむっとした表情を浮かべていた。

「……えと」

「行くぞ」

未羽の手を引き、進み始めた。

カップルロードへ。

「へ⁉　ちょっ」

カップルたちのベルトコンベアに突入した。

どこかで、きゃあっという声が上がった。

他のカップルたちがいっせいに振り向き、驚く。

隣にはあのすらっとした王子が、恋人としていて。

自分は恥ずかしくてうつむいてしまうのだけど、彼は容赦なく手首を掴み盗人《ぬすっと》のごとく引きずってきて……。

――思ってたのと違う。

斜め後ろから彼の耳のあたりを見つつ、どうやらムキにさせてしまったらしいと悟る。

さっきまで感じていた異常なほどのどきどきは吹き飛び、

――ああ、こういう人だった。

やれやれと、馴染《なじ》んだ感覚を思い出した。

彼が手を離す。

それからゆっくり未羽の隣に来て、歩く速さを合わせて並んだ。

前を向いたまま、彼が言う。

「付き合ってるんだろ、俺たち」

未羽ははっとなる。

そして、うなずく意味のうつむきをした。

「……うん」

歩く自分の足と、彼の足が見える。

静かにアスファルトを擦《こす》る。

今さらだけど、涼しくて気持ちいい秋の朝だった。


「「「「　未羽!!　」」」」

未羽の机のまわりがドーナッツ化を起こした。

「最上くんとカップルロード歩いてたよね!?」

もちろん、その件だ。

「手つないでたよね!?」

「どういうこと!?」

ぐぐぐっ、と迫ってくる。

未羽は瞑目《めいもく》し——腹をくくった。

「……うん」

はたしてどうなる。

「最上くんと……付き合ってる」

不安と、彼氏がいると口にしたときのなんともいえない安心感のようなものがよぎる。

次の瞬間、未羽を迎えたものは——

上下に揺れるドーナツのウェーブと、はちきれるような拍手だった。

それはうわべのものではない、華やかな響き。

「ついに!!」

そうか、と未羽は気づく。

これまで二度も噂《うわさ》になってきた。だからまわりもいいかげん心の準備ができていて、なんなら——

「もー！　やっとじゃん！」

そろそろはっきりしろよと焦《じ》れていたのかもしれない、と。

「えーいつ⁉」

「文化祭⁉」

「……うん」

「「「うおおおお！」」」

結局、放課後になるまで何事もなく、未羽が出会ったのはおおむねポジティブな反応だった。

慣れない祝福にふわふわとなりつつ、いい気持ちで帰宅したのである。

2

『みんなに報告した』
『そうか。どうだった？』
『おめでとうって』『（スタンプ）』
『俺も聞かれたから答えておいた』
『どうだった？』
『驚いていた』
『そりゃまあ（絵文字）』『今なにしてたの？』
『本を読んでいた』
『なんて本？』

未羽は颯人とＬＩＮＥしつつ、にやけている自分に気づく。
これまではバイトのことなど「はっきりとした目的がある連絡」ばかりで、いま何をしているかという純粋な雑談はしたことがなかった。

『今度、何か貸してくれる？』

『どういうものがいい？』

『オチがびっくりするやつ』

楽しい。

体が軽い感じがして、画面から目が離せない。ＬＩＮＥをしていて一番いいときの状態だ。

『そろそろ続きに戻る』

長時間にならないところできっちり区切りをつけるのが彼らしい。やることがたくさんあるのだろう。

『わたしも宿題しなきゃ』『おやすみ』

『おやすみ』

『（スタンプ）』

息をひとつ吐《つ》いて、スマホを机に置く。
「…………」
体の中に幸福感がある。
——いやあ、いいなぁ。
最高じゃないですか。
なんだかやる気が出て、未羽はいそいそと宿題のプリントを広げる。
ペンケースのファスナーを開け、中から愛用のシャーペンを……
「……？」
未羽は指を動かし、中に入っている筆記具をシャッフルした。
——あれ？
ない。
中身をぜんぶ取り出し、机に並べた。
シャーペンが、ない。
窓の外のコオロギの声が、ふいに部屋に染《し》みてきた。
「……どっかに落としたのかな」
ぼそりと、独り言をいう。
学校での行動をすべて振り返ってみる。思い当たるタイミングは、ない。

頭の奥で、いやな陰がよぎる。

「――いや、うん、そうだ」

口に出して、それを追い払った。

きっと落としたんだ。

翌朝も、未羽は一人で登校した。

駅前広場のカップルたちが待ち合わせする光景を見て、自分たちもそうしたいという気持ちは芽生えたのだけど、颯人には言い出せない。ペースを乱しちゃうんじゃ、とか彼に対してはいろいろと考えすぎてしまう自分がいた。

「ん――……」

うなり、凝ってもいない肩を回す。

正門をくぐりながら、未羽は内心驚いた。

たった一日で、注がれる視線の色が変わった。

これが「一目置かれる」状態なのかも、と身をもって感じる。

「有村さん、おはよ！」

「あっ、おはよ」

顔見知りくらいの子も、積極的に声をかけてくる。

王子効果、てきめんだった。

だからこそ未羽は、これから向かう先に不安を抱えている。

昇降口に入り、自分の靴箱の前に立つ。

「…………」

閉じた扉を緊張とともにみつめる。

取っ手に指をかけ、祈るように息を飲む。

「未羽」

「――っ!?」

ガチャッ。

びっくりした弾みで、開けてしまった。

「え、ごめん」

悠希だった。

「ううん、おはよ」

「おはよう。……何かあった？」

聞きつつ、靴箱に険しい目をやる。彼女は自分と同じ不安に思い当たったようだ。

「…………」

未羽もおそるおそる、中を見る。

異物はない。

上履きはある。並んだ踵《かかと》に指をかけ、引き出す。裏表をたしかめる。

異常なし。

二人同時に、ほっと息を吐いた。

新調したシャーペンでノートを取る。

机も、なんともなかった。

実際に落書きをされた経験があるので、ここはかなり怯《おび》えていたところだった。

「どのへんから気づいたの？」

「最上くんって、どんな感じでアプローチしてくんの!?」

休み時間は質問攻めにあう。昨日よりも内容が具体的だった。

「や、ええと……」

興味津々《しんしん》の圧にもまれながら、あたりさわりのない範囲の回答をひねり出していく。ノーベル賞を取った人はこんな気分なのかとちょっとだけ思う。

まわりの反応の変化に、変わらない自分が置いていかれている。そんな感覚だった。

「未羽、今日は何食べる？」

「きつねうどんかな」

などと話しながら悠希と学食の前まで来た。

まだ昼休みは始まったばかりだが、すでに混んでいる。人気メニュー確保のため男子グループがはしゃぎながら走ってくるのもおなじみだ。

入り口をくぐると、いろいろな食べ物がぼんやりと混ざった学食の匂《にお》いがする。

自販機で食券を買うとき『カレー』の字が目に入って未羽は揺らぐ。きつねうどんとカレー。数秒逡巡《しゅんじゅん》した末、親子丼《どん》というどちらでもない選択をした。

「なんで？」

悠希に軽くつっこまれた。

食券を手にカウンターに向かっていたとき、

――！

颯人がいた。

壁際《かべぎわ》のテーブルで、クラスメイトの男子二人と食事を始めている。

彼はすでに未羽を発見していたらしく、視線がぶつかった。

弾《はじ》けたように、同時に目を逸らす。

ふいをつかれたこともあり、ここではち合わせてしまったことがとても照れくさかった。

そのままお互い何もなかったようにやり過ごそうとしたとき、彼のクラスメイトが未羽に気づいた。颯人の肩に手を載せ「彼女いるぞ」とばかり示してくる。すると彼は困ったふうな愛想笑いをして、改めてこちらを向いた。

「最上くん見てるよ」

悠希までが面白そうに囁いてきた。

「ちょっ……」

未羽もためらいつつ、彼を見返す。

開いた距離で向き合いながら、体がむずむずしてどうしていいのかわからない。

と、颯人がほとんど無表情のまま、指先を浮かせる程度に手を挙げる仕草をした。

たったそれだけなのに、未羽は胸がぎゅっと絞られたふうになり、反射的な微笑《ほほえ》みと手で応《こた》えた。

彼が顔を逸らす。

未羽もそうして、つかつかとカウンターに向かう。耳が熱くなっていた。

ついてくる悠希がにやけているのが、振り向かなくてもわかった。学食にいる大勢の注目を浴びていることも。

「ほんとに付き合ってるんだ」

どこかで話し声が聞こえた。

行き場のないむずがゆさがあるけれど、なんだか実感が出てきた。

その放課後。

未羽の鞄《かばん》の中から、ポーチが消えていた。

3

「思ったより早かったね」

それが閉店後に語った、二人の交際についての青山大《まさる》の感想だった。

未羽が働くパティスリー『モンスールガトー』のオーナーで、颯人の師匠。体が大きい穏やかな男性だ。

「え、そうなると思ってたんですか？」

「うん」

あっさり言う。

「どのタイミングで……？」

青山が、オフィスチェアにぎしりともたれかかる。

「ショートケーキの一件かな」

「えっ」

颯人と初めて会った日だ。

「なんとなくだけどね。颯人はどんどんわかりやすくなったし、未羽ちゃんも告白されたら受けるだろうなぁ、と」

ずっとそんなふうに思われていたのか、と未羽は驚く。なんだか気恥ずかしい。

「カロリーヌのことは聞いてる？」

青山がさらりと話題を変えた。

「あ、はい、誘ってもらいました」

カロリーヌは、青山の亡《な》くなった恋人の妹だ。はじめは姉の死にまつわる誤解があってこじれていたが、最近はいい感じの仲になっている。

「お店、いよいよオープンですね」

カロリーヌの一族が経営する老舗《しにせ》パティスリーの日本店がオープンし、カロリーヌは店長に就任する。青山はその準備をずっとサポートしていた。

そして今週末、プレオープンのイベントが開かれることになっている。

「聞いてるならいいんだ。颯人と三人で行こう」

「はい」

未羽は、ちょうどいい流れだと思った。

「あの、青山さん」

「なんだい」

「カロリーヌさんとはその後、どんな感じですか？」

意趣返しというわけではないけれど。

すると青山はゆったりと微笑み、

「順調だよ」

大人の余裕で、堂々答えた。


控え室のロッカーを開け、未羽は通学鞄に手を伸ばす。すぐに中をたしかめようとして——思いとどまる。

ここは店だ。何かがなくなっているはずがない。

バイト中は忘れていたが、ここで現実に返ってしまった。

シャーペン。ポーチ。……そこで終わらなかった。

あれから、学校で未羽の私物がなくなることは続いている。

いやがらせ。

その可能性が一番高い。

——でも。

実は今、混乱している。というのも、物がなくなるだけではなく、奇妙なことが付随して起こるようになったからだ。

それは、いやがらせとは辻褄《つじつま》が合いにくい現象だった。たとえば……

ガチャッ
背後でドアが開き、未羽は我に返る。

振り向くと、颯人が入ってきていた。

「あっ、お疲れ！」

つい隠すようにロッカーを閉めてしまう。

「さ、先着替える？　出てようか？」

「…………」

颯人は応えず、じっとこちらをみつめてくる。何か言いたげだ。

「……なに？」

すると、ため息とともに首の後ろに手を当てる。

「——何があった？」

確信を持った問いかけに、未羽の心臓はずくりと揺れる。

「へ？」

声がうわずってしまう。

「悩んでることがあるんじゃないのか」

「…………」

颯人のまなざしは、獲物《えもの》を捕らえた狩人《かりゅうど》のよう。

「な、なんでそう思うの？」

「見ていればわかる。バイト中からずっと気になっていた」

自分のことをちゃんと見てくれているんだ、という事実がうっかり刺さり、話してしまいたくなる。

けれど。

「いや……べつにたいしたことじゃないよ」

私物が盗まれていることはたしかだ。原因はどう考えても颯人との交際発覚。

それを知ったら、彼はどう思うだろうか。

——正義感強いからなぁ。

怒り狂うかもしれない。自身を責めるかも。どちらにせよ避けたかった。自分に告白したせいでマイナスが起こったと思われたくなかった。

「あはは。どっちから着替えよっか？」

「……俺には話したくないことなのか？」

「めっちゃ気にするじゃん」

「当然だ」

強い言い切りに、はっとさせられた。

それから彼は、なぜかうつむきかげんに顔を逸らす。

首のうしろに手を当て、躊躇う空気を出す。急にどうしたのかとみつめると、彼はふいに繊細なまなざしになって、小さな声で。

「……彼氏だろ」

言った頬が一瞬、炙《あぶ》ったように赤くなった。

未羽は呼吸が止まる。

彼氏だろ。その一言が思いがけず衝撃で、全身に響いた。

「………うん」

頭の奥がじんと痺《しび》れる。

顔というか、表情が火照《ほて》っている。

彼が隠れたいというふうに片手で自分の顔を押さえている。

未羽もますます赤くなる。心が揺れる。

「……実はね」

未羽は、颯人に打ち明けた。

並んで腰掛けたいつもの狭い二人用のソファで、彼は黙って話を聞いていた。

持ち物が次々と盗まれていること。

「あっ、でもね、机に落書きとかトイレで水バシャとかそういう激しいのはないんだ。上履きとか体操服も無事だし……」

彼の発火を抑えようと、つい和らげることを挟む。

「それに……なんで？　っていう謎《なぞ》なことも起こって」

颯人が初めてこちらを向いてきた。

「謎なこと？」

「えっと……使ってた消しゴムが新品と入れ替わってたり」

そうなのだ。単に盗まれるだけではない。

消しゴム以外にも、筆記具や授業に使う細々《こまごま》とした物が別の物に置き換わっている、という妙な現象が続いた。

「他にもあって」

「なんだ」

「お金が置かれてた」

「……金？」

「うん、五〇〇円。紙に包んで鞄に入ってた」

「………」

颯人があごに指を当て、鋭いまなざしを遠くに向けている。

「そのときは、何がなくなっていた？」

「えっと……鏡」

言いながら、未羽は気づく。

「もしかして、鏡代？　ちょうどそれぐらいだし……でも……」

だとしても、どうしてなのかわからない。

物が盗《と》られるだけなら話は簡単だった。しかし新品に代わっていたり、対価らしきものが置かれているとなると、より複雑な意味が隠されていそうでかえって薄気味悪い。

「……ね、どういうことだと思う？」

「有村」

彼が思索の姿勢をほどき、こちらを向く。

「今日は帰りが遅くなっても大丈夫か」

「えっ？」

なぜか、胸がどきりと鳴った。

「な、なんで？」

尋ねると、彼は颯爽《さっそう》と立ち上がる。

「今から菓子を作ってもらう」

その表情を見て未羽は理解した。

謎は、解けたのだと。

——でも。

なんでお菓子？

4

未羽の手から、女子の手へと、リボンを結んだ小さな袋が渡される。

「昨日作ったの。おすそわけ」

「えっ、かわいー！」

クラスメイトの女子が、透明な袋の中身を見てはしゃぐ。

それは、パステルカラーをまとった楕円《だえん》形のお菓子。夢の国の小石のように五粒入っている。

「ドラジェっていうの。アーモンドをコーティングしたお菓子で——」

未羽は伝える。

「すごく縁起がいいんだって」

「縁起？」

「うん。幸運を呼ぶお菓子」

とたん、すでに包囲していた面々のさらに外側にいた女子たちも反応する。未羽はすかさず、

「いっぱい作っちゃったから、みんなもらって！」

ぱんぱんになったスポーツバッグ片手に、町内会のサンタのごとく配っていく。

「うわっ、うまっ！」

「食べるのもったいないー」

「めっちゃ食う」

「食べるよね？」

「幸運を呼ぶんだっけ？」

「そう！」

末羽は答え、

「ドラジェはフランスで『幸運の種』っていう意味なの。わたしの手作りだよ」

颯人にレクチャーされていた内容を語る。

「手作りなの？　クオリティ高っ」

「これ意外と簡単なんだよー」

教室の女子全員に配り終え、

「じゃ、隣も行ってくるね！」

しゅたっと手を挙げ、体育で一緒になる隣のクラスへ遠征する。

「ごめーん、ちょっといい？」

袋の中が尽きるまで、手当たりしだい配りまくった。

「これ、縁起がいいお菓子なんだ」

そして。

連日続いていた私物紛失は、ぱったりと絶えたのである。

「どういうこと……？」

未羽は颯人に聞いた。

放課後、駅へ続く通学路を二人で歩いている。

「なんでドラジェを配ったら、ぱったりなくなったの？」

颯人は黙って隣を歩く。繊細なことだからか、なかなか答えを言おうとしない。

「ドラジェには人を浄化する作用が？」

「バカか」

颯人がつっこんだ。それから思い直したふうに、

「ケーキバカ」

「言い直さなくていいよ！」

はっとなって、まわりを見る。

遠巻きにこちらをうかがう生徒たちの反応は大きく二種類。ほんとだったんだと噂を

たしかめたものと、未羽に対する「あいつやりおった」という嫉妬《しっと》を飛び越えた畏敬《いけい》の念である。

付き合いだしてから初めて一緒に下校しているのだが、楽しさを感じるシーンではない。

「一種のおまじないだ」

颯人が口を開く。

「おまじないって、ドラジェが？」

「お前の私物が盗まれたことがだ」

「……？」

「お前が愛用している物を手に入れたかった」

おまじない。未羽が愛用している物がほしい。

瞬間――明かりがついたように理解した。

「……お守り的な!?」

「そうだ」

未羽の脳裏に浮かんだのは、祈りを捧《ささ》げてくる母姉妹。有村家における恋愛神即位の礼だった。

「なるほど……そういう発想だったんだ……」

王子をゲットした英雄《シンデレラ》にあやかろうと、愛用品を『恋のお守り』として欲した――。

「そう考えれば、消しゴムや金の件も納得がいく」

「……罪悪感的な？」

「いやがらせが目的ではないからな」

代わりの品を用意し、代金を支払う。

「誰が始めたんだろ……」

「捜すか？」

「……ううん、いい」

誰かが始めて、噂とも信仰ともつかない空気がおのずと広がっていったのだろう。

「盗られたものはいいのか」

「いいよ、たいしたものじゃないし。終わったんならそっとしときたい。だから最上くんも気にしないで」

颯人は眉間の皺《しわ》をいっとき深くしてから、

「わかった」

「ありがと」

心が通い合った感触がした。

いつのまにか、まわりの視線が気にならなくなっている。

「そこでこれだったのかなぁ」

未羽は鞄から一袋のドラジェを取り出す。

「自分用に確保しといたの。これが恋のお守りの代わり、なんだよね？」

「ああ」

颯人は肯定する。

「有村が手作りした縁起のいいお菓子を配り、それを受け取って食べる。そうすることで加護がほしいという呪術《じゅじゅつ》的な欲求が満たされる。食べ物を分けるのは、最も基本的な儀式の形だからな」

「いつもながらの名推理ですなぁ」

そのとき、颯人がふと宙を見やる。

「俺の親友のまわりで以前、同じようなことがあったからな」

「えっ、最上くん親友いたの⁉」

びっくりすると、睨《にら》まれた。

「いや、ほら、孤高の人イメージっていうかさ……？」

学校で絡《から》んでいるクラスメイトたちは友達ほどの距離でないことは見ていてわかる。

「ね、どんな人？」

「…………」

颯人はむっつり黙り込んでしまった。

仕方ない。またの機会にしよう。

「はー、やっと食べれるよ」

未羽は切り替えて、ドラジェの包みを開ける。

製作時は颯人に命じられるままひたすら手を動かすだけだったし、これも事が終わるまでは予備の扱いだった。

一粒つまむ。パステルカラーの表面は、吸いつくようなマットな感触。口許《くちもと》に寄せると、甘いカカオの香りがした。

未羽は千夜も待ったようなときめきを覚えつつ、幸福の種を口に入れた。

「～～～～っ！」

舌の味蕾《みらい》がいっせいに目覚め、感動のスパークを五感に迸《ほとばし》らせる。

「砂糖の殻を歯で砕いたあとに薄い花びらみたいなほんのりとしたカカオの香りと、ジューシーな甘さが広がっていく！　わかったこれM&M'Sのめっちゃいい版だ！　それにしてもアーモンドどこ!?　ない！　じゅわっとした幸せしかない!!　そうかわかった！　アーモンドは生まれ変わった！　功徳《くどく》を積んで純粋なる幸せへとエターナルな転

ドラジェ

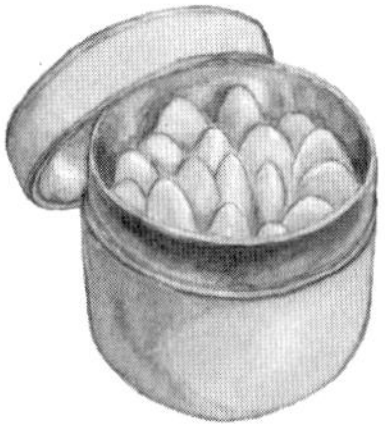

未羽の食レポは以下略。

古代ローマの菓子職人ジュリアス・ドラジェが

アーモンドをうっかり蜂蜜《はちみつ》の壺《つぼ》に落としたことで発想する。

古来イタリアでアーモンドは多産・繁栄の象徴とされてきた。

それ故《ゆえ》か、当初から結婚・出産の祝いとして振る舞われており、

その習慣が今日まで続いている。

中世の薬剤師が錠剤のノウハウで糖衣を施し、さらにチョコレートの

発明により、現在よく見る形となった。

全国各地のラデュレなどでお求めになれる。

deux

アイスクリーム

1

「乾杯！」

着物姿のカロリーヌの音頭《おんど》に合わせ、たくさんのグラスが掲げられた。

日本初上陸のフランス老舗《しにせ》パティスリー『ピュイダムール』。そのプレオープンイベントである。

店舗二階のカフェスペースに関係者の大人たちが三〇人ほど集っていた。

「表参道って、独特のシャレオツ感があるよねぇ……」

未羽は雰囲気に圧倒されながらつぶやく。

壁一面のガラス越しに、夜の青山通りが広がっている。並ぶ店舗のショーウインドウやなにげない街路樹までもが洗練された空気を帯びているふうに映った。

そして、店である。

素人《しろうと》の未羽でもわかる、表参道駅近くの超好立地。その三階建てのテナントを丸ごと借り切り、フランスの伝統とモダンの融合した高級サロンと呼ぶべき空間になっていた。

颯人がグラス片手に、壁に塡《は》められた色とりどりの大理石をみつめている。

「どうしたの？」

「この立地にこういう店を出すには、いくらかかるのかと思ってな」

つぶやく彼の声は、単純な好奇心の響きではない。

やろうとしている人のそれだ。

将来自分の手に届きうるものだとイメージし、検討している。

——すごいなぁ。

あらためて見ているものの違いを感じ、嘆息する。

「大きく出たね」

青山が言う。だが嘲笑《あざわら》う目ではなかった。

颯人が真面目《まじめ》な表情で師に尋ねる。

「いくらぐらいなんですか」

「ええーっ！　そんな安いんですかっ!?」

向こうのテーブルで、耳につく声が上がった。

秋なのに日焼けした中年男性。

「この立地でっ。ありえないでしょ……っ」

声を抑えようとする素振りはしていたが、まったくそうなっていない。ジャケットのチョイスなども含め、未羽はうさんくさいなという印象を抱いた。

あのテーブルを囲む大人全員が似た雰囲気を持っていて、表情の浮かべ方などいわゆる「業界人」という表現がしっくりくる。

「このあいだはびっくりしたよ」

青山が話題を振ってくる。

「在庫からアーモンドがごっそりなくなってて」

「いやあ……すいません」

未羽はてへへと笑う。ドラジェの一件だ。

青山が、あの業界人たちの空気からさりげなく自分たちを遠ざけたのだとわかった。

そのとき、店のスタッフが両手にケーキを載せた皿を持って三階から下りてきた。手近なテーブルから配膳《はいぜん》していく。

「当店のパティシエ、モネが日本店のために考案したアイスケーキを召し上がって頂きます」

カロリーヌがよく通る声で言う。

その隣に、若い外国人のパティシエが、はにかみながら立っていた。

——めっちゃイケメン！

甘い目《め》許《もと》。ブラウンの髪をオールバックにセットし、短いひげをたくわえている。白人のイケメンはどうしてこんなにひげが似合うのか。パティシエでなければ海外の有名サッカー選手だと思っただろう風貌《ふうぼう》。

「ヨウコソ、ミナサン。モネ、デス」

片言の日本語で挨拶《あいさつ》し、フランス語に移る。そこもなんだかスターっぽくていい。

「……『ピュイダムール』の伝統を尊重しつつ、新たなエッセンスを……」

カロリーヌが通訳していく。

話すパティシエの表情と身振りは溌剌《はつらつ》として、モチベーションの高さが伝わってきた。

未羽はふと、フランス旅行で出会ったあの天才料理人のことを思い出す。

ルイ・デシャン。颯人を打ちのめしたフランスの無敵シェフ。

ちらりと颯人を見ると、静かにパティシエのスピーチを聞いている。何を思っているのかはうかがい知れない。

未羽たちのテーブルにケーキが運ばれてきた。

――かわいい!!

皿を置くパティシエールが美人過ぎた。

ハーフ系のぱっちりとした深い瞳《ひとみ》、肉感のある唇。カルチャー系雑誌の表紙を飾るモデルのようなクール美少女だった。おそらくパティシエの助手だろう。

未羽はときめきと緊張を覚えつつ、彼女に皿を置いてもらったとき、

「ありがとうございまひゅ」

噛《か》んだ。

ぷっ。パティシエールが吹き出す。

「ごめんなさい」

笑ったとたん、クールな面持ちが愛嬌《あいきょう》たっぷりのものに変わる。一瞬で気さくな人オーラが出たそのギャップに、未羽はさらにきゅんとなった。すごく仲良くなりたい系の人だ。

「ごゆっくり」

チャーミングな笑みを残し、離れていく。その歩く姿を、あの中年男性がジロジロと目で追っていた。

「デハ、ドウゾメシアガレ！」

パティシエが締めくくり、未羽たちは拍手した。

引き返してきたパティシエールに、彼が「お疲れ」というふうなアイコンタクトをする。彼女は嬉《うれ》しそうにはにかんだ。

「…………」

未羽はケーキをごくりと見下ろす。

カラフルなタルトの形をしたアイスケーキ。

「……有村」

向かいの颯人が「わかってるな」と言いたげに牽制《けんせい》してくる。

いつものような食レポを炸裂《さくれつ》させれば大惨事だと。

隣の青山も、ごくやんわりとではあるが、同じ意思を伝えてきていた。

「わ、わかってるって」

未羽は磯野《いその》家のカツオのごとく言い、ナイフとフォークを手にする。

丸いアイスが重なった魅惑の森にナイフを入れ、落とす。アイスなのにやわらかい。

切り分けた一片をフォークで刺し、開けた口に運び入れた。

――――。

吹き出してくる感想を、未羽は全力で堪《こら》える。

「……ッ！　～～～～ッ!!」

さながら地球の奥深くマントル層からこみ上げる熱き血潮《パトス》。だがこれを解放してしまえば星が保《も》たない。大地は裂け、火山灰が太陽を遮り永き冬を迎えてしまうだろう。未羽は封印の盾を展開し、荒ぶる神々の声《レポ》を全霊をもって抑えんとする。つらい。苦しい。泣きたい。だが地球代表として諦《あきら》めることはできない。超えろ。限界を超えろ。パパ、ママ、お姉ちゃん、翼、トラッキー。わたしはいま星を救う神話になる――。

「…………………おぃしぃっ……」

未羽は己に勝った。

二人が、わかりやすくほっとした顔になった。

「そこまで苦しいのか」

颯人があきれたふうに言う。こちらは星を救ったというのに。

未羽は憮然《ぶぜん》としつつ、紅茶のカップを手にする。飲み干していることに気づいた。

そのとき、とても自然な間合いで誰かがわきに立った。振り仰ぐと、

——わっ、イケメン。

黒縁メガネをかけた細身のギャルソンがティーポットを携え、笑んでいる。

大学生だろうか。口角を上げた薄い唇が印象的な、シャープな顔立ち。黒縁メガネが仮面のように映り、イケメン怪盗という風情《ふぜい》だ。

優雅な仕草で紅茶を注いでくる。

「あ、ありがとうございます」

恐縮し、さっそく熱い紅茶を口に含んだ。舌に残っていたクリームの余韻と合わさり——

「パッションフルーツの甘さが紅茶の爽《さわ》やかな渋みと合わさり流れていく！　このあわいこそがスイーツのだいごみ……ッ!!」

うっかりマントルから出てしまった。

突如上がった声にまわりが振り向く。しん……と、エアポケットのごとき沈黙が生まれる。

だめかと思われた刹那《せつな》、

「最高じゃないですか」

イケメンが、ノリよく受けた。

それによって流れが成立し、未羽の奇言は場に小さな笑いをもたらす形で収束した。

「……へへ」

未羽ははにかみながら、イケメンギャルソンに感謝の目配せをした。

彼は善行をした怪盗の笑みを残し、仕事に戻っていく。

「…………」

向かいの颯人がとても苦々しい顔をしていたが、これは洩《も》れてしまった食レポのせいに違いないと未羽は思う。

——いやあ。

洗練されたリッチな内装、スタッフはみな雑誌から出てきたようなイケメン美女ばかり。これぞ表参道！　と謳《うた》っているような、きらきら眩《まばゆ》いお洒落《しゃれ》空間だった。

「ごめんなさい、バタバタしちゃって」

カロリーヌが未羽たちのテーブルに来た。

近くで見ると着物がいっそう晴れやかだ。白人女性が纏《まと》うと、とたんにエキゾチックな趣となり非日常感が出る。

「楽しんでる？」

久々に会った彼女は、びっくりするほど輝いていた。着物や化粧だけではない、内側からの光を感じる。

――あっ。

未羽はカロリーヌの左手に気づいた。薬指にさりげなく光るリング。

「すごい店ですね」

颯人がまだ気づいていない様子で言う。

「ありがとう。いろんなラッキーが重なってね。ケーキはどうだった？」

「なかなかいいと思います」

カロリーヌが、くすりと苦笑いする。

「『なかなか』ね。あなたらしいわ」

「スタッフさん、イケメン美女ばっかりですね」

未羽がフォローのように入れる。

「そりゃもう、かき集めましたとも。いろんな人にお世話になって、今日来て頂いてるの」

それからいたずらっぽい表情でひそひそ付け足す。「よく知らない人も混じってるんだけど」。

「ちょっとマサを借りていくわね」

「僕？」

「紹介したい人がいるの」

青山は席を立ち、カロリーヌとともにカウンターの前へ行く。

そこで輪を作っていた地位のありそうな日本人と外国人にカロリーヌを介して挨拶を始める。先ほどのよくわからない業界人と違い、清潔な印象を持つ人たちだった。

大人の歓談が続く社交場で、高校生である末羽と颯人のテーブルは、ぽつんと浮いた孤島のようになっている。

紅茶をちびちび飲みながら、

「いやあ、すごいねぇ」

間を埋めるようなことしかつぶやけない。

「……有村」

「ん？」

振り向くと、彼はカップの飲み口のあたりをじっとみつめている。

「次の週末は空いてるか？」

瞬間、未羽は思い出す。

「！　そうだ忘れてたっ!!」

珍しく、ぴくっと驚いた颯人に、

「あのね、野球観《み》に行かない？」

「……野球？」

「横浜で阪神のクライマックスシリーズがあってね。家族で観に行くんだけど、パパとママが最上くんを誘ってみてって」

「…………」

「でもまあ……行かないよねえ？」

「わかった」

「へ？」

「行くと伝えておいてくれ」

意外な返事に未羽は目をしばたかせ、

「……うん」

そういうことになった。

「あの、中華街が近くだからさっ」

「じゃあ早めに行って回るか」

「だねっ」

なんだろう。未羽は早くも出かける前のようにテンションが上がってしまっている。

と、奥のテーブルでねっとりとした男女のみつめ合いを目撃した。

酒が入ってしまっているのか、三〇代の派手な装《よそお》いをしたカップルが体を密着させ、恋人つなぎをし、二人の世界に入っている。深夜の駅のごとき光景だ。

「ああいうの、ちょっとね」

未羽は上がったテンションゆえに、はっきりと嫌悪《けんお》をにじませて颯人に言った。

「……そうだな」

颯人は未羽の表情をたしかめ、神妙に応《こた》えた。

そのとき、カウンターの方で拍手喝采《かっさい》が起こった。

見ると、カロリーヌと青山に向け、ノリのいい人たちが率先しまわりが続いたふう。

はにかむ二人の様子で、何が起こったのかは明らかだった。

「よかったね」

長い紆余《うよ》曲折を経て、青山とカロリーヌの関係ははっきりとした形になったのである。

2

ＪＲ根岸線、関内駅。

末羽は南口改札に続く中二階のトイレに速やかに入った。

身だしなみの最終確認。

髪よし、テカリなし、デート服……いい感じだと思う!!

付き合い始めてから初デート。末羽は昨日から気持ちが落ち着かなくて、いろいろ準備したりネットで調べたりした。

改札を抜けた左側、遊歩道に面した段差。

そこに立つ、文庫本を読む後ろ姿。

ちらっと見ただけで、彼だとわかった。

もしかしたらこの瞬間が、デートで一番楽しいときなのかもしれない。

末羽は唇をむずりとほころばせつつ、彼の横に回る。

「お待たせっ」

本のページから、こちらに目を移す。

ちょうど今の天気のように涼しく、シャツの襟がすっきりとしている。普段よりも全体的にきれいめなのは気のせいではないはずだ。

デートが始まるんだ、と思った。

彼は薄い文庫本をズボンの後ろポケットに無造作に差し、

「行くか」

「うん」

並んで遊歩道へ出た。

「最上くん、どれぐらい前に着いてた？」

「五分くらいだな」

「じゃあ一本差かな」

こうして歩いているだけで楽しい。なんだか小鳥のような気持ちだ。

ほどなく広い交差点に着くと、向かいに横浜スタジアムがそびえていた。

「こんなに近いんだな」

初見らしい颯人がしげしげと仰いでいる。

信号待ちをしていると、女性たちが敏感に颯人の存在をキャッチし「え、このイケメン何者？」という視線を向けてくる。

未羽はいけないと思いつつも、つい嬉しくなってしまう。

だって、彼氏なのだ。

これまでと違って誤解でもなんでもない。たしかに自分が見た目的に釣り合っていないのは承知だけれど、告白されたんだという自信が支えてくれる。彼氏だろとも言ってもらった。だから、いいのだ。

「あっちから抜けられるか？」

颯人が続く大通りではなく、スタジアムのある広い敷地を指す。

「うん、たぶん」

信号が青になり、人波の中、スタジアムに向け横断歩道を渡っていく。

彼がこちらを選んだ理由が未羽にはわかる。はっきりした方ではなく、興味を引かれる方を選んだのだ。

「スタジアム、大きいでしょ？」

「ああ」

「ナイターのときはここにキッチンカーとか露店が出てね、パブリックビューイングでみんな応援してるの」

「それは……楽しいかもな」

「うん。みんな熱いよ」

スタジアムの奥にある公園を抜け、歩道橋を渡ると、やがて中華街の入口に差しかかった。

朱と緑と金に彩《いろど》られたオリエンタルな門に『中華街』と記されている。

「おおー！　中華街だあ」

「何度も来てるんじゃないのか？」

「そうでもないよ。試合観るたび寄ろうってなんないし」

「まあ、そういうものか」

「最上くんは？」

「初めてだ」

「おおー、ようこそ」

少し歩くとまた同じような門があり、ここがメインストリートのようだった。

中華料理店が建ち並び、店先では大きなせいろが湯気を立てている。世界一と銘打たれた肉まんや、ソフトクリームの看板、タピオカ、土産物屋などがひしめいていた。

さすが週末の賑《にぎ》わいで、家族連れや恋人、女子グループなどが所狭しと行き交っている。

そして、やはり横浜中華街という場所柄なのか、カップルのレベルが高い。お金持ちそうな大人や気合いの入ったお洒落をした学生たち。イケメンや綺麗《きれい》な子と次々すれ違う。

そうするうち、未羽はあることに気づいた。

颯人を目にした女子が、とっさというふうに彼氏の方を向いたり、腕をとって密着したりするのだ。もしかしたら、自分の動揺を抑えようとしているのかもしれない。

恋人の距離感。

未羽の中にそんな言葉が浮かぶ。

手をつないだり腕をとったり、あるいはそんなことをしなくともカップルにはすぐそれとわかる距離感がある。

未羽は、颯人との間を見る。

体半分くらい。付き合う前と同じ距離。変わらないそれが、ひどく遠くに感じられた。

彼の手がズボンのポケットに突っ込まれている。

つないだらどうなるかな。

想像したが、そんなことが言えるはずもなく。

「有村」

「！　な、なに？」

「何か食べるか」

彼の視線の先には、湯気を立てる中華せいろがあった。

「あっ、えっとね、気になってる小籠包《ショーロンポー》のお店があって……」

未羽はスマホで地図を出す。

「こっち」

青い点に従って、右の通りに入った。

「占いやってます」

呼び込みが声をかけてきた。

「相性見ますよ。どうですか？」

中国語訛《なま》りのおじさんがにこやかに言ってくる。

——相性占いかぁ。

未羽はちょっと惹《ひ》かれて、颯人をうかがう。

が、彼はまったく興味がないというふうに呼び込みをスルーした。未羽は愛想笑いを浮かべておじさんの前を通り過ぎる。

道の両わきには、占いの看板がいくつもあった。『占』『開運手相』。未羽は玩具《おもちゃ》を見る子供のように目移りさせつつ、

——最上くんとの相性って、どうなんだろう？

これまで考えたこともなかったが、いざ意識すると気になりだす。

悶々《もんもん》としていたとき、何かとぶつかった。

颯人の肩だった。

「ごめん」

「本当にこの先でいいのか？」

「え？」

左に学校が見える。明らかに中華街の景色が終わっていた。

未羽はマップを見る。通りが一本ずれていた。

「ごめん！　道、いっこ向こうだった」

「店名は？」

「えっと……これ」

颯人が屈《かが》んでスマホをのぞきこんでくる。身を寄せ合う形になり、甘い汗の香りがほのかにした。

「わかった」

と思うまもなく、彼が素早く離れた。さらに半歩退いて、自分のスマホに入力する。

「行くぞ」

くるりと背を向け、歩きだす。

「うん……」

彼のあとをついていく。

風が通りすぎていく距離だと、感じた。

3

家族と合流したとき、未羽はものすごくほっとした。

ナイター試合の開始前、空はすっかり暮れているけれど、横浜スタジアムのまわりは大きなライトで煌々《こうこう》と明るく、入場客の行列で賑わっている。

球場内からはすでに太鼓とトランペットの華々しい音が上がっていた。

有村家の女子陣が未羽を迎える表情は、並んでいるアトラクションの感想を聞こうとするそれ。「どうだった⁉」と、でかでか書いてある。一方、隅にいる父の顔はせんべいを食べたように固い。

未羽は隣の颯人を見る。

――うわ、めっちゃ緊張してる。

これまでうちの家族とは何度か会っているはずなのに。なんだか新鮮だ。

「こんばんは、颯人くん」

母の秋穂がにこやかに挨拶し、

「あっやだ！　『颯人くん』って急に詰めすぎ⁉」

自分で言いながら、翔子の肩をぱしぱし叩《たた》く。

「でもう半分、身内みたいなもんだし！」

――最悪だ！

末羽は瞬時に顔が熱くなる。さっきほっとした自分を殴りたい。

「だね！」

――だねじゃねーよ翔子!!

消え去りたかった。

「……今日はありがとうございます」

颯人が父に挨拶した。

父が颯人を見返し、でもすぐ目を伏せ、

「ああ、うん」

短く応えた。

向かい合う男同士が、いたたまれないぐらいぎこちない。

「じゃあ入ろうよ！」

妹の翼がどばっと潤滑油を注いだ。末っ子は二学期から委員長を始めたり、最近リーダー気質を開花させている。

末羽たちは入口に向かった。

壁に『ビジター用』と標識があるゲートで、横浜の青いユニフォームを着たスタッフが二列で手荷物検査をしていた。

意外にスペースは狭く、混雑もない。スタッフの青と、阪神ファンの黄が通路で交差していた。

検査の列に並びながら、秋穂が聞く。

「颯人くんは野球観たことあるの？」

「小学生のときに一度だけ」

未羽がそれをなんとはなしに聞いていたとき、

「……ねえ、どうだった？」

翔子と翼が、ひそひそと話しかけてきた。

振り向くと、二人の瞳が好奇心でテカっている。

「……どうって、何が？」

未羽はあえてはぐらかした。

「颯人くんとのデート！」

このままもう「颯人くん」で行くつもりらしい。

「うん、まあ楽しかったよ」

「なにその上から!?」

「こわっ」

………。

実を言うと、微妙かもしれなかった。

何かあったわけではない。いや、何もなかったというべきだろうか。

あのあと小籠包を食べ、関帝廟《かんていびょう》を参拝し、それなりに会話も生まれたのだけど……なんだろう。底の抜けた浴槽に湯をつぎ足していくみたいにだんだん何かが足りなくなっていって、終わりの頃はお互い黙りがちになってしまった。

たぶん自分の主観、テンションの問題なのだと思う。実際はまあまあそこそこだった気がする。

でも、だから家族と合流したとき、ほっとしてしまった——。

荷物検査をパスし、狭い階段から球場の回廊に入り、スタジアムに出た。

視界が一気に広がる。

外野スタンドからはピッチャーマウンドやホームベースが遠く、球場全体が見渡せる。選手がすでにフィールドでキャッチボールを始めていて、白球を伸びやかに放っていた。

観客はほぼ満員で、小石くらいの人々がスタンドの合間を移動している。

広大な場所に膨大な人が居合わせている会場特有の臨場感と解放感があった。その空気と照明灯の眩《まぶ》しさが心地いい。

球場を熟知した父が、俺の庭とばかりチケットも見ず黙々とシートに先導した。

「颯人くん、そこ」

「ありがとうございます」

借りてきた猫のような殊勝な態度で、青いプラスチックのシートに座る。

ちなみに席順はなぜか、右から父、秋穂、颯人、翔子、翼、末羽——だった。

「末羽ねえはもういいでしょ」

もういいってなんだ。

ドンッ！　ドンッ！

後ろで鳴った太鼓の音に、颯人がびくりと振り向く。

ここは応援席なので応援団がいるし、まわりの客はみな縦縞《たてじま》のはっぴとスティックメガホンを標準装備している。

というわけで、父が肩にかけていたスポーツバッグを開け、家族全員の応援グッズを手《て》際《ぎわ》よく配っていく。

「はい、颯人くんの分」

「え……」

翔子に客用（当然ある）を渡された颯人が、露骨に戸惑う。

その間にも、末羽たち有村家の面々は慣れた調子で装備を済ませた。

「颯人くん、着せてあげよっか？」

「いえ……大丈夫です」

颯人もはっぴに袖《そで》を通し、スティックメガホンを両手に持った。

——ぜんぜん似合ってない……！

未羽は思わず吹き出す。

ギロッ！

睨《にら》まれ、姉の背に隠れた。

セレモニーが終わり、試合が始まった。

一回表、阪神の攻撃。

とたん、未羽たちのまわりが祭が始まったかのごとく波打つ。

ここで勝てば日本シリーズに王手が掛かる重要な一戦だけに、応援のテンションはいきなり最高潮だ。

フェンスの手前にいる女性が『かっとばせー　かっとばせー』というボードを出すと、太鼓とトランペットが高々と響き、縦縞のファンたちが一糸乱れぬ動きでスティックメガホンを叩き、コールする。もちろんその中には有村家も含まれていて、

「かっとばせー！」

未羽だって声を張る。

颯人がびっくりしている。たしかに彼にこの一面を見せる機会はなかった。だが未羽

も有村家の一員として虎歴《とられき》は長いし「フロントはアホや」くらい言ったことはある。思い入れのある選手だっているのだ。

「「ほら！　颯人くんも!!」」

両隣の秋穂と翔子にサラウンドで言われ、颯人はためらいつつスティックメガホンを叩き始めた。

初めてなので当然ながらリズムがわからず、ミスをする。と、彼はだんだんムキになり、完璧《かんぺき》にやってやるというふうに集中しだした。

彼らしい、と未羽は苦笑する。

バッターが空振りし、スリーアウト。横から「何しとんねん！」とヤジが飛ぶ。

阪神の攻撃が終わり、応援が止《や》んだ。代わって向かいの横浜側の太鼓とトランペットが鳴りだす。

「颯人さん、応援ばっちりじゃないですか！」

「リズムゲームをやってるような感じだ」

「あーたしかに！」

「颯人くん、今日の先発はね……」

有村家の女子たちがきゃいきゃいと颯人を囲う。

彼はそれに感じよく応じている。家族に対してはよそいきというか、当たりがやさしいと未羽はいつも思う。

試合が進んでいく。

七回の攻撃。一点差、ツーアウト、ランナー二塁。

ネクストバッターズサークルに現れた代打の選手に、今日一番の大歓声。

未羽もテンションが跳ね上がった。

「今年退団する功労者だよ!!」

颯人に教える。

「そう、なのか」

「そう!!」

とても思い入れがある選手なのだ。

「球団に止められたせいでいいときにメジャーに行けなかった！　FAのときにはピーク過ぎててお声が掛からなかった！　なのにシーズン途中でバッサリ首を通告されて……こんなのってないよ！　三回泣いた!!」

ものごころついたときにちょうど全盛期で、これまでずっと見続けてきた。

選手が打席に入り、スタンドが怒《ど》濤《とう》のような応援を送る。

未羽はその波には乗らず、

――打って……！

両手を祈る形に合わせ、見守った。

一球一球に　三塁スタンドが揺れる。

だが——願いむなしく、セカンドゴロに倒れた。

スリーアウト。

スタンドが凪《な》ぎ、攻守交代時のしんとした空気が流れる。

「……最上君」

それまで応援に専念していた父が、ふいに口を開いた。

「はい」

颯人が、はっきりと緊張を表す。

父は、未羽の元祖であるタヌキ顔で、静かに前列シートのあたりをみつめている。

「未羽のどこがよかったんだ？」

——ちょっ。

「今？」

秋穂もびっくりして問いただす。だが父は引き下がらず、

「君から告白したと聞いたのだが」

ざわついていた有村家の女子陣も「それは聞きたい」というふうに態度を変え、颯人に目を向ける。

颯人は父に半身を向けたまま、微動だにしない。

未羽もやはり聞きたい。告白のときにたくさん言ってもらったが、いくらだって別腹だ。この状況ならどんな言葉が出てくるのだろう。

「有村——未羽さんは」

呼び直された響きが、くすぐったい。

「……すごく、自然で、僕が間違ったときにもはっきり言ってくれるし……僕にないところをたくさん持っていて、一緒にいて楽しい、です」

女子陣が、ぱあぁっと光った。

「内面だ」

翼が言う。

「素敵」

なんだってさ？　というふうなまなざしを向けられ、未羽は対応に困る。

——そっかぁ。

僕にないところをたくさん持っている。そんなふうに思われてたんだ——。

「……そうか。ありがとう」

「…………」

緊張している颯人の面差しが、いつになく少年らしく映った。

それから父は、照れくささを隠すようにトイレに行った。

関内駅のホームは、活気に満ちていた。

阪神大勝利。ホームにすし詰めになったファンたちは活躍した選手を褒めそやし、ハイになったグループが何度目かの祝福コールをしている。

「颯人くんに阪神の勝利を見せられてよかった！　ねえパパ？」

「そうだな」

颯人はこういう場になじみがないらしく、ファンの熱狂にたびたび驚いた様子を見せるのが未羽には印象的だった。

「びっくりした？」

未羽は、隣に立つ颯人に尋ねる。

「何がだ」

家族に対する控えめな態度でなく、いつもの感じに戻るのがなんだか面白い。

「わたしのテンションとか」

「最初は」

「最初？」

「ケーキを食ったときの反応と同じだと気づいたからな」

「ああ……そっか」

たしかに。

「今日は面白かった」

「そう？」

「人が自分以外のものにこんなに夢中になれるのだと思った」

「見方が、らしいね」

なんだか笑ってしまう。

「表参道、火事だって」

スマホを見ていた翼が、翔子に話しかけている。

――表参道。

最近行った場所なので、気になった。

「どこに載ってる？」

「トレンド」

未羽はすぐにスマホを見る。隣で颯人もそうしていた。

トレンド三位に『表参道』と出ていた。トップツイートに動画が貼《は》ってある。

見覚えのある夜景に、赤いランプを回す消防車が三台駐《と》まっていた。動画を撮った人を含め、野次馬が取り囲んでいることがわかる。場所が場所だけに、すごい人数だ。

「――えっ」

思うより先に、こわばった声が出た。

反射的に颯人を見る。向き合った彼の表情が、張りつめている。

消防車が駐まっているのは――カロリーヌの店だった。

4

「……実はね、前からいやがらせがあったの」

カロリーヌがテーブルに肘《ひじ》をつきながらため息をこぼす。

閉店後の『モンスールガトー』。未羽、颯人、青山、カロリーヌの四人でイートイン席を囲んでいた。

「ここまでするなんてね……」

知っていたらしい青山が、茫然《ぼうぜん》とつぶやく。

事件の夜から、ほぼ一日が経《た》とうとしていた。

警察への捜査協力や各所手続きをひと段落させたカロリーヌが、ぐったりとしながら訪れたのだ。

「……お店は、大丈夫なんですか？」

未羽が尋ねると、口の端を弱々しく持ち上げた。

「ええ一応。本当に煙だけだったみたい」

そう。火災報知器が鳴り、建物から大量に溢《あふ》れる煙を往来が目撃したが、焼けた痕跡《こんせき》はどこにもなかった。

「どんないやがらせだったんですか？」

颯人が聞く。

「脅迫文よ。『ここを出ていけ』みたいな」

「実際はもっと遠回しだったけどね」

青山が補足する。

「ぎりぎり脅迫罪にならない、嫌な書き方だよ。警察にも相談はしてたんだけど」

「……今回のことで本格的に捜査を始めてくれたのが不幸中の幸い、なのかしら……」

でも、とやりきれないつぶやきを洩らす。店舗に実害こそなかったものの、オープンは当面延期せざるを得なくなった。

たったひと晩で、カロリーヌは憔悴《しょうすい》しきっていた。目が充血し、肌の水分は失われている。未羽はいたましさに胸が締めつけられた。

青山がそっと肩に手を回す。彼女は身を寄せ、ぬくもりを受け取った。

恋人の距離感。未羽はまた意識する。

「原因は、立地ですか？」

颯人の問いに、カロリーヌは青山の肩にもたれたまま、たぶんね、と言う。

「とてもラッキーだったの。立地もテナント料も破格でね、長年そこに入っていた店がオーナーの引退で閉めることになって、その、ちょうどのタイミングだったの。持ち主は知っている人にしか貸したくないっていう人なんだけど、引退するオーナーが、パパの修業時代の仲間で。そこからトントンと」

「ミラクルですね」

未羽は挟む。

「それぐらいの条件が重ならないと借りれないぐらいの好物件なんだよ」

青山が引き継いだ。

未羽もなんとなく想像できた。あそこまで人気のある場所は、そもそも空きがない。たとえお金があっても、手に入らないことの方が多いのだろうと。未羽だって売り切れの憂《う》き目《め》は何度も経験している。

「じゃあ、いやがらせは自分たちが物件を借りたいから？」

「あるいは、いわくつきにして、持ち主からうまく買い叩きたいのかもしれないね」

「うわ、バブルっぽい」

「本当にね。あるんだね、こんなこと」

青山も薄く苦笑いし、紅茶をすすった。

空になったカップを見て、颯人がすぐにティーポットを掲げる。青山が「いいよ」と手で合図する。こういうところはやはり「師弟」だった。

「煙の原因はなんだったんですか？」

颯人がティーポットを置きつつ尋ねると、カロリーヌは頭《かぶり》を振った。

「それが……わからないのよ」

返答に、未羽も注目する。

「発煙筒とか、煙の出るものも残っていなかったし、店のどこにも、それらしい跡が残っていないの」

「つまり、どこからどうやって煙が出たのか、不明だということですか？」

「ええ。私も警察と店の中を見て回ったんだけど、何もなくて。それに……」

「それに？」

「事件が起こったとき、間違いなく、店には誰もいなかった」

テーブルの空気が変わった。

「脅迫が始まってすぐ、出入り口や店内に防犯カメラを設置したの。その記録を警察が調べてくれているけど、事件の前後に誰も出入りしてないし、怪しい動きもなかったって」

「本当に誰もいなかったんですか？」

「構造上、出入り口を通らずに建物の外に出ることはできないわ」

「……つまり」

颯人が整理する。

「誰もいない店内で、火事と間違えられるほど大量の煙が発生し、その痕跡が何も残っていない——ということですか？」

未羽は、はっとなる。

「それって……なんかミステリー的な」

「密室事件だ」

颯人の声が強い。

「カロリーヌさん」

向けるまなざしが炯々《けいけい》と光っている。

「店を見にいってもいいですか？」

とたん、カロリーヌの顔が明るく開いた。

「『名探偵』ね！」

以前、颯人はカロリーヌの姉が遺《のこ》した複雑な暗号を一瞬で解いた実績がある。

「もちろんよ！　お願い！」

「ってことがあってさー」

『穏やかじゃないわね』

　未羽は夜の自室で、悠希と電話している。

『買いたくても買えない気持ちって考えると、こっちとしてはよくわかるけどね』

　こっちというのは、オタク界隈《かいわい》のことだろう。

「グッズとか？」

『そりゃもう。課金する権利も与えられない悲しさといったら』

「課金する権利」

『それで？　名探偵彼氏のご登場なのね』

「いやあ……うん」

『何ちょっと弱ってるのよ』

　悠希がやれやれとつっこむ。

『べつに気まずくなったわけじゃないんでしょ』

　デートの件はすでに報告ずみだ。

「そうだけど」

『手ぐらいつなげや！　と』

「客観的に言われると、ちょっと……」

『でしょ？　普通だって。気にしすぎ』

「そっかぁ」

『そうよ』

　末羽はベッドにうつぶせになったまま、首をひねる。

「でもなー」

『うわー』

　悠希が呆《あき》れた声を出した。

　たしかに自分でも思う。でもささいなことが気になってしまう。彼がすっかり特別な位置にいるのだと実感する。

『告白されたんでしょ？』

「うん」

『ものすごくロマンチックに』

「うん」

『自信持ちなさいよ』

「うーん」

『……末羽？』

「持ちます」

『よろしい。ほんと、正直——羨《うらや》ましい』

　ふとした響きに、末羽はおや、と思った。

「なんか意外かも」

『え？』

「羨ましいって、なんか気持ちこもってたっていうか」

悠希がほんのわずか、沈黙した。

『そりゃ私も乙女ですから』

末羽のセンサーがぴぴっと反応する。

「え、どうしたの？ なんかあった？」

『ないって』

「えーほんとに？」

『しつこい』

悠希はじゃれ合うように応じつつ、結局何もないという答えを変えなかった。

5

「みんな、集まってくれてありがとう」

カロリーヌの声が、客のいないカフェスペースの大理石に響く。

「オープンは少しだけ延期になりましたが、気持ちを切り替えるためにも、今日は研修ということでよろしくお願いします」

はいっ。

整列したスタッフたちが、真剣な面持ちで応《こた》えた。

未羽が先日会った顔ぶれも揃《そろ》っている。

海外サッカー選手のような、パティシエ。

カルチャー系雑誌のモデルのような、ハーフ美少女パティシエール。

イケメン怪盗という風情《ふぜい》の、黒縁メガネギャルソン。

他にも、合わせて一〇名ほどのスタッフが集まっていた。

「そして、オープンを一日でも早めるため、頼もしい助《すけ》っ人《と》に来てもらいました！」

カロリーヌが大きな手振りで、横に立つ颯人と未羽を指す。

「優秀なホームズとワトソンです！」

スタッフたちが戸惑いのまなざしを向けてくる。

「知ってのとおり、今回の事件は謎《なぞ》に包まれています。犯人は誰か？　無人の店内から煙はいったいどのようにして生まれ、跡形もなく消えたのか……？」

ミステリーの狂言まわしのごとく流暢《りゅうちょう》に語る。

「ここにいる彼は、どんな謎もたちまち解いてしまう天才高校生名探偵！　現代のホームズです！」

――めっちゃ煽《あお》られた！

しかもワトソンにされた。

「事件解決のために、みんなも捜査に協力してあげてね！　真実はいつもひとつ！」

最初は戸惑っていたスタッフたちが、リア充特有の瞬発力で拍手し、盛り上がる。さながら謎解きゲームの開幕だった。

「………」

未羽は手のひらに汗をかく。

隣の颯人を仰ぐと、彼は感情の読めない澄ました表情でいる。

『犯人はスタッフの可能性が高い』

来る途中、彼がさらりと発言した。状況的にそう考えるのが自然であると。

未羽は顔に愛想笑いを貼りつけつつ、向かい合うスタッフたちと目を合わせられない。

この中に犯人がいるかもしれないと思うと、こわかった。

そのとき、動く小さな手が目に入る。

あのパティシエールが、キュートな微笑《ほほえ》みでこちらに手を振っていた。

美少女にかわいい仕草を向けられて、未羽はあっさり癒《いや》された。


ミーティングのあと、未羽たちは二階の通路にいた。

「どこから行きますか？」

案内役の黒縁メガネギャルソン——武市《たけいち》が気さくに聞いてくる。

「煙が店のどこから出たかはわかっていますか？」

「一階だというのは、防犯カメラでわかってます」

颯人に答え、武市が天井を指さす。

階段に面した角に、黒い半球があった。

「他にも店の出入り口や、カフェスペースにも設置されています」

「一階だということはわかったが、具体的な場所まではわからない？」

「ですね」

やりとりを聞きつつ、未羽も防犯カメラをみつめる。

この位置だと、フロアを出入りする人は避けられないだろう。部外者など論外だ。

「どうします？　煙の出た一階から行きますか？」

武市の問いに、颯人が視線を返す。

「三階はスタッフルームですか？」

「ええ」

「では、そこからお願いします」

「えっ」

「今はみんな作業中で、部屋は空いてますよね。迷惑をかけずに見られるので」

営業スマイル。

外ではレアだと思いつつ、未羽は緊張する。颯人はやはりスタッフに照準を向けているのだ。

三階へ上がり、スタッフの控え室に入る。

広い、と未羽はバイト先と比較して感じた。

「更衣ボックス、いいなあ」

ブティックの試着室のようなボックスが、隅に二つ並んでいる。ソファは仮眠を前提とした形で、パティシエがハードな肉体労働であることをにじませていた。

「有村さんの店はないんですか」

「そうなんですよ！　入れ替わりで着替えてて」

「やばいですね」

未羽と武市が話す間、颯人が室内のあちこちを丁寧にチェックしている。

「……ひょっとして、スタッフが怪しいと思ってます？」

武市が、颯人の背中に問いかける。軽く笑う表情が、探るようだった。

未羽はなんだかあせって、

「あ、えっと……」

「状況的に、可能性はあります」

颯人が言う。

「ちなみに、スタッフの皆さんがあのとき何をしていたかの確認は取れていますか？」

「アリバイですね」

武市はメガネをくいっとあげ、

「全員、取れてます」

おどける調子が、やはり怪盗めいていた。

やがて颯人がこちらに戻ってくる。収穫なし、と顔に書いていた。

6

「どう思う？」

未羽は階段を下りつつ颯人に聞く。

「どうやってだ」

「え？」

「どうやってカメラに映らず、店の中に煙を発生させた」

未羽に言うというよりも、独り言に近い。

「それは……カメラを騙《だま》したんじゃない？　ほら、ハッキング的な」

映画でよく見るやつだ。

「ああいうのは後で確実にバレる」

颯人は目を伏せ、改めてたしかめるふうにつぶやく。

「……犯人が外の人間でも中のスタッフでも、その問題が残る」

「！　ちょっ」

未羽は、しーっと指を立てる。武市が前にいるのに。

「ここが厨房です」

武市がスウィングドアの前で振り向いた。

一階の奥。パティスリーは店内からガラス越しに厨房が見える構造にしていることも多いが、この店は完全に区画を分けていた。おそらく内装の世界観を保つためだろう。ドアを抜けると、低めに設定された空調と涼しい甘い香りに包まれる。未羽にとってもおなじみのものだ。

「モネさん、亜利紗《ありさ》、お疲れです」

武市が声をかける。

中央の作業台でモネと、亜利紗と呼ばれたパティシエールが何かを作っていた。

――えっ、何⁉

見たことのない道具が置かれている。

生徒会が使うでかいホチキスみたいな器具。そして昭和レトロな絵柄の箱に入っている透明なシート。

それら道具のわきに、スライスされた苺《いちご》と、オリーブオイルの瓶があった。

「ホームズサン、ワトソンサン」

モネが溌剌《はつらつ》とした笑顔で迎えた。

「お疲れさまです」

隣の亜利紗が人懐《ひとなつ》っこく白い歯を見せる。

「あ、あのっ、これなんですか？」

未羽は興味津々《しんしん》で台に寄っていく。

「わたしパティスリーでバイトしてるんですけど、見たことないです」

「だよね」

ふいにくだけた口調になる亜利紗。とても嬉《うれ》しげだった。

「これはオブラート。こっちはそれを熱で閉じる道具だよ」

「オブラートっ？」

未羽は箱に収まったシートをまじまじみつめる。

「薬を包んだりするアレですよね？」

「うん」

言って、彼女がモネにまなざしを向ける。

「彼は、これでまったく新しいメニューを作ろうとしてるの」

「ええーええー、なんだろう？　想像がつかない」

未知のスイーツに、未羽はテンション高く体を揺らす。

その様子に、モネが小動物を愛《め》でる目をして、

「タベマスカ？」

「ぜひ!!」

モネがオブラートを一枚つまみ取り、折った端をシートヒーラーで留める。フランス人の美男子がしていると、なんだかそれだけでちょっと非日常だ。パリの静かな道を歩いたとき、自分が映画の中に入ったような気分になったことを思い出す。

オブラートが薄い三角形の袋になった。

――ここからどうなるんだろう。

未羽は手品に夢中になった子供のようにわくわくする。

一方で颯人は腕を組み、品定めをする職人顔。

モネは袋の開け口に苺のスライスを入れ、そこに――オリーブオイルを注いだ。

「えっ！」

びっくりする未羽に、モネが作業しながら微笑む。お楽しみにね。そう言っているふうだった。

最後に開け口をパウチし、完成。

オリーブオイルの入った透明な袋の中に、苺のスライスがほんのり浮いている。宝飾のように色鮮やかで、とても不思議な見映えだった。

「なんか、おしゃれ」

魅入られてつぶやく。期待と不安と好奇。どんな味がするのだろう。

そこへ亜利紗が、水を満たした小さな器を差し出してくる。

「手で水に浸して、すぐに口に入れて」

「水に……？」

意外なことだらけで、思わずにやける。

「なんかすごいね、初めてだねっ」

颯人に言う。

「……オブラートは油には溶けないが、水には溶ける。それを使うわけか……」

彼は真剣を通り越した険しい表情でみつめている。いつもの負けず嫌いの発動だろうか。

――素直に楽しめばいいのに。

職人ってめんどくさいなぁと思いつつ、さっそく手に取った。そのオブラートの感触がもう、なんというか、知っているスイーツじゃない。

水につけるというのも、初体験だ。

未羽は弾む心地で小袋を水に浸し、口に入れた。

瞬間――オブラートがぬるりと溶け、中のオリーブオイルと苺が一気に舌に落ちてきた。

モネと亜利紗が、いたずら成功、という目をする。

「ん――！　んん゙～～～～～～!!」

未羽は驚きと咀嚼《そしゃく》が止められない。

ごくん。と飲み込み――

「口の中が手品!!　瞬間移動みたいにオリーブオイルが現れて、その緑のフルーティーさと苺の赤いフルーティーさがまろやかに混ざり合って、落ちていく……！　新緑の魔法、妖精《ようせい》のいたずら。ここはケルトの森か……」

亜利紗が拍手する。

「すごいすごい！」

と、モネに流暢な英語で通訳する。フランス人だから英語もわかる。伝わった彼は、ご機嫌に眉《まゆ》を上げた。

「フェアリートリック。イイデスネ」

「ですよね。商品名にいいかも」

「い、いやいやっ。使ってくれたら嬉しいですけど……でもこれ、すごいです！　ぜったい受けると思います！」

「アリガトゴザイマス。デモマダ、テスト」

「バランスと、口に広がった瞬間が命だから、そこをどう上げていくか」

颯人が言い、モネにフランス語で話しかける。

モネはさっと真面目《まじめ》な顔になり、フランス語で返す。二人で意見交換を始めたようだ。

「彼はすごいんです」

亜利紗が落ち着いた口調になって、未羽に言う。

「私がぜったい思いつかないような新しい発想にどんどんチャレンジするし、だけじゃなくて、いろんな国の伝統的なやり方にも手を広げてる」

「……先日言ってましたよね。新しいことと伝統と、みたいな」

「そう！」

自分が褒められたよりも嬉しそうに弾む。

「本当に、すごいの」

モネに向ける彼女のまなざしに、尊敬だけではない潤《うる》んだ輝きがあることに未羽は気づく。

「彼が焼いたプレッツェルがあるけど、食べる？」

「いくらでも食べます」

刹那《せつな》で脳が塗り変わった。

亜利紗が花のように笑う。

「面白い」

「――――はい」

場から浮いた硬い響きに、未羽たちの注意が引き寄せられる。

武市が電話を受けていた。

慎重に相手の話を聞いていた表情が、驚きに開かれる。

こちらに目を向け、内容を報《しら》せるようにこう聞き返した。

「……捕まった？」

警察から、容疑者の身柄を押さえたという連絡だった。

7

「怪しい人が怪しいもんなんだねぇ」

未羽はつぶやく。

明治神宮前駅へ続く表参道のゆるやかな坂を颯人とともに歩いている。

脅迫状の犯人は、加地《かじ》という商工会関係者の男だった。プレオープンイベントに参加していた、あの日焼けした中年男性である。

聞き取りや人間関係の洗い出しですぐに容疑者として浮上したのだという。

「それにしても早かった」

感心して言う。

「利害がはっきりしていたからな。わかりやすかったんだろう」

「でもやっぱりすごいよ。日本の警察は優秀だね」

颯人は言い返さない。けれど、店を出るときからずっと釈然としない表情を続けている。

彼との関係も長い。未羽もたいがいわかってきたつもりだ。

「煙のことが気になってるんでしょ？」

颯人が振り向く。なぜわかったのかという色が淡く。

なぜわからないと思うのか。

「バカにしないで頂きたい」

未羽はおどけて、ふんすと胸をそらした。

すると彼は何かを堪《こら》えるような表情になり、とっさに手のひらで口許《くちもと》を隠す。

「なに？」

「なんでもない」

「まあ、たしかに不思議だよね。誰にも見られずに仕掛けて、誰もいないときに発生して、痕跡も残らない」

未羽は疑問点を指折り数え、

「どうやったか、わかる？」

「…………」

不機嫌な沈黙が答えだった。

「そういうこともあるって」

「……煙の犯人は、本当にあの男なのか？」

「え？」

「たしかに脅迫状を出したのはそうなんだろう。だが、こんなにあっさり尻尾《しっぽ》を出すような奴《やつ》が、あのトリックを仕掛けるのか？」

たしかに言われてみれば、ちぐはぐな感じはした。

「え、どういうこと？」

「煙の犯人は別にいるかもしれない」

――そっか。

彼がずっと釈然としていない理由は、そこだったのだ。

「いやあ、でもさ」

未羽にはちょっと飛躍に思える。

「なくはないんじゃない？　渾身《こんしん》のトリック決めといて大事なとこでポカ、みたいな。頭隠して……的な？」

颯人は唇を閉じる。前を向いて、眉間《みけん》にうっすら皺《しわ》を寄せ、

「……それも、ありうる」

ものすごく悔しそうに認めた。

「でしょっ？」

彼から一本取った嬉しさで、先輩面《づら》でぱしぱし肩を叩《たた》く。

「まーまー。警察の取り調べで全部わかっ――、」

最後まで言えなかった。

すぐ先の横断歩道を渡ってくる人波の中に、驚くべき姿があったからだ。

悠希が、大人の男性と歩いていた。

一瞬でわかる空気感。

友達じゃない。

恋人でもない。

なにかがちがう。

男性は二〇代半ばだろうか。学生時代はクラスの中心にいただろう雰囲気だ。背がとても高く、笑う目が人懐っこい。

隣を歩く悠希は、女子ならすぐにわかる普段着に見せかけた気合いマックスのコーデ。

――やばい。

見てすぐ未羽は動いていた。気づかれてはいけない、会ってしまってはいけない――直感が告げていた。

「最上くんっ」

悲鳴のように囁《ささや》いて彼を引っ張る。人通りの隅にまぎれようとする。

向かいから歩いてきた人にぶつかった。

「えっ」

中学生らしき少女がこわばった声を上げる。手にしていた色鮮やかな何かが、落ちた。

「うわっ」

「あっ……」

カップのアイスクリームが、地面に転がっていた。

「す、すみませんっ」

未羽は謝る。

前後の通行者らが迷惑そうに避けていく。

未羽はフリーズした。ぶつかってしまった少女と、こちら側へ渡ってきた悠希に意識が忙《せわ》しなく行き来する。隠れたいのに動けない。

確実に目を引くだろう。繊細な彼女が注意を向けないはずがない。未羽は観念する。

が……悠希はこちらを一瞥《いちべつ》もしなかった。

明白に、彼にだけ集中していた。そのまま奥の道に入っていく。

未羽は驚愕《きょうがく》と同時に安堵《あんど》するが、そうしてもいられない。

「あの、弁償します！」

未羽はバッグから財布を取り出す。

そのとき。

「すみません」

颯人が少女に千円札を差し出した。

少女の反応はめまぐるしい。まず颯人にきゅんとし、未羽を見て察し、一瞬の唖《あ》然《ぜん》ののち冷める。そして最後に、

「はぁ……」

気の抜けた声でお金を受け取り、去っていった。

「ごめんね」

未羽は颯人に言いつつ、財布から千円を出す。

「いや、よくやった」

「へ？」

見ると——彼の顔つきが変わっている。

「店に戻るぞ」

風のように引き返す。

「え、ちょっ」

未羽はあわてて追いかける。

お札を中に戻しつつ、これまで何度も見てきた彼のその雰囲気で悟った。

謎は、解けたのだ。

「仕入れのデータを見せてください」

店長室で迎えたカロリーヌが、きょとんとなった。

スタッフはすでに解散しており、店内は広々とした静寂に覆《おお》われている。

「確かめたいことがあるんです」

颯人の態度でカロリーヌは察したらしく、

「何かわかったのね!?」

「はい」

「すぐやるわ！」

デスクに走り、パソコンを操作する。

「もしかして、隠れた真犯人がいたとか!?」

「おそらく」

カロリーヌの動きが止まり、颯人を見返す。

「……ほんとに？」

「脅迫状については、あの加地という人で間違いないと思います」

颯人はカロリーヌの横へ行き「失礼します」と操作を代わる。

マウスを動かしながら、水も洩《も》らすまいというふうにモニターを凝視している。

未羽も歩み寄った。

エクセルの表に、製菓の材料と数字がびっしり入力されている。

「いつもチェックしてるけど、特におかしなところはないわよ？」

カロリーヌが不思議そうに言う。

颯人の手が止まった。

「……あった」

瞳《ひとみ》が静かに瞠《みは》られている。勝ちを読み切った棋士のまなざしだった。

「何があったのっ？」

「硝酸カリウムです」

カロリーヌが、目をしばたかせる。

「え？　でもそれって——」

「カロリーヌさん。今から呼び出してほしい人がいます」

颯人の声音に、カロリーヌが喉《のど》を鳴らす。

「……それが、犯人？」

颯人は何も言わない。だが、きわめて確度の高い肯定をにじませていた。

「誰を呼べばいいの？」

そして彼は、その人物を告げた。

8

夕と夜の境目のカフェに、誰かを待つ人がいる。

表参道という場にあってもその容姿はまわりの目を惹《ひ》き、タレントかモデルかというひそやかな好奇を集めていた。

白いニットにスカートというシンプルな装《よそお》い。イスの背に掛けた薄手のコートは甘くはないがかわいいと女子受けする色と形。

だが爪《つめ》には一切の飾りがなく、指に隠しきれない肌荒れがある。美的なことに日頃から意識を向けつつ、厳しい労働に従事していることがうかがえた。

亜利紗の表情は冴《さ》えない。

まわりを気にする余裕もなく、追い詰められたまなざしをテーブルに落としている。

首を振り、ため息をつき、スマホを点《つ》けては消し、窓の外を何度も確認する。

そして、何かをみつけたふうにこわばった。

彼女は目線で外の往来からカフェの扉まで追い、入ってきた人物に備えて居住まいを正す。

そして、たったいま気づいたという反応で振り仰ぎ、微笑みを浮かべた。

「ごめん、遅くなって」

それは、英語だった。

フード付きのブルゾンを手早く脱いで、彼女の向かいに座る。

「コーヒークダサイ」

彼《モネ》は、ウエイトレスに片言の日本語で注文した。

モデルのようなハーフと白人男性が英語で会話する。場所柄それなりにある光景ではあるが、やはり店内でひときわ浮き立つ。他の地域から出てきているほとんどの客は内心「さすが表参道だな」とある種の気分が満たされた様子だった。

「急にすみません」

亜利紗も英語で応え、恐縮を示す。

「どうかした？」

「はい？」

「緊張してるね」

モネがにこやかに言う。

「そうですか？」

曖昧《あいまい》に笑みを返しつつ、亜利紗はまなざしに力を込めた。

「やっぱりしてる」

彼は軽く頬杖《ほおづえ》をつき、表情を覗《のぞ》き込む。そして、

「よっぽど大事な話なの？」

水を向けた。

亜利紗は冷たい風を受けたように口許を結ぶ。目を伏せ、膝《ひざ》の上で両手を組む。手の甲に薄く骨が浮き上がる。まるで祈るように。

「……あの」

亜利紗は力を溜《た》めるふうに間を置いたあと、ぱっと明るい顔を作った。

「犯人、捕まってよかったですね」

モネは意外そうに眉を上げた。

「これで店もオープンできるし、本当によかったですね」

刹那。

「ああ、そうだね」

ほんの刹那生まれた彼の瞳の揺れ動きと、笑みにある微《かす》かな濁り。

それをみつけた亜利紗の睫毛《まつげ》が震える。

「……どうしたの？」

「あ、いえ——」

そのとき、ウエイトレスがコーヒーを運んできた。

モネの前に白磁が音を立てて置かれる。わずかにかすめた湯気とともに、深めに煎《い》った豆の香りが二人の間に漂う。

彼がカップに口をつけ、すいと啜《すす》った。

亜利紗の喉が、回りだす歯車のようにゆっくり動く。

「あの、私、ちょっと気になってることがあるんですけど」

「何？」

「甘くてしょっぱいソルベみたいなものを作ってたじゃないですか」

テーブルの片側の温度が急に下がったふうだった。

「何日か前の、上がりかけのときに」

「ああ、うん」

彼は鷹揚《おうよう》に答える。だが、それはいかにも脆《もろ》く剝《は》がれてしまいそう。整えたひげを親指で擦《こす》り、

「味見――したの？」

「実は、こっそり」

剝がれ落ちた。

亜利紗はそれを、悲しげに認めた。

「……あれ、お菓子っぽく見えましたけど、明らかにそうじゃなかったですよね」

声が沈んでいく。

「あの何時間かあとに、火事騒ぎが起こったんですよね」

二人の様子は、まわりの客からは別れ話に映るだろう。湿り気を帯びていく彼女と、暗い表情でうつむく彼。

「………誰かに話した？」

彼の問いかけに、彼女の瞳が潤んだ。

「はい」

モネは大きな溜息をつき、テーブルに両肘《りょうひじ》をついて顔を隠した。

「………なんで」

亜利紗は濡《ぬ》れた声でつぶやき、スマホを取り出し、連絡を始めた。

*

未羽は颯人とともに、夜の帳《とばり》の降りたカフェに入る。

窓際《まどぎわ》の席には、憔悴《しょうすい》した二人が無言で向かい合っていた。

暖色の店内で、あそこだけ薄氷が張ったかのよう。

颯人が亜利紗の隣に座った。

未羽は心構えをして、モネの隣に座った。
ほどなくウエイトレスがやってきて、好奇のまなざしを垣間見《かいまみ》せつつオーダーを取る。
「……？」
モネが戸惑いを浮かべながらこちらを見てくる。
ウエイトレスがいなくなったタイミングで、颯人がモネに向け口を開いた。
「アイスクリーム」
モネの眉がぴくりと震える。
颯人は英語で列挙していく。
硝酸カリウム。
砂糖。
水酸化ナトリウム。
水。
オブラート。
「…………」
モネの白い肌が、はっきりと血色を帯びた。
未羽はここに来るまでに事件の真相を聞かされている。
誰が犯人で、どんなトリックを使ったのか。

だから、そこそこの進学校でぼちぼちの成績を取っている未羽には——

「硝石とも呼ばれる硝酸カリウムには冷却作用があり、昔アイスクリームの製造に用いられていた」

颯人の英語が、おおよそ理解できた。

「あなたはそれを、メニュー開発のためと称して仕入れた」

「……実際に使った」

モネの反論も。

「アイスケーキですね」

——そうだったんだ。

プレオープンで食べたアイスケーキ。

「温度管理が重要なアイスクリームでマシンを使わないメリットが僕には思いつきません」

「それを改めて検証することが目的だ。君はそれを無駄だというのか」

「いえ」

颯人は素直に認める。しかし別の部分で二人の勝敗はすでに決している。そういう雰囲気のやりとりだった。

「硝酸カリウムには、他にも知られた作用があります」

颯人が話を続ける。

「砂糖と混ぜると、強力な発煙剤になる」

そこへコーヒーが運ばれてきた。

颯人はシュガーポットを開け、自分のコーヒーに砂糖をざばざばと入れながら、

「鍋《なべ》で溶かした硝酸カリウムに砂糖を混ぜ、冷やし固める」

再現するようにスプーンでかき混ぜ、手を止めた。

「これだけで発煙剤が完成。そして硝酸カリウムは舐《な》めると塩味がする。砂糖と混ぜると当然――『甘くてしょっぱい』ものになる」

聞いている亜利紗の表情が悲痛に翳《かげ》る。

「あとは導火線で火をつければ大量の煙を出す。化学反応で混合物は消える。だが、あなたは痕跡《こんせき》を完全に消したかった。もし材料に気づかれれば自分に疑いが向くからだ。だから燃えかすが残るかもしれない導火線は使えなかった。そこで思いついたのが……水酸化ナトリウムを用いた発火」

「…………」

モネの頬が筋張る。奥歯を噛《か》んだのだろう。

「水に触れさせただけで熱を生み、発火に至る。この水酸化ナトリウムも製菓に使う。たとえば……」

――プレッツェル。

末羽が厨房で食べさせてもらったものだ。

ドイツの焼き菓子。小さなスナック菓子から大きなパン状の物まであり、カリッとした独特の食感が特徴。

「プレッツェルの食感を出すため、溶液に生地をつける」

まるで化学の授業だと思う。

でもよくよく考えてみれば、お菓子作りは化学そのものだ。正しく調合し、加工する。

「消える発煙剤はできた。あなたが次に考えたのは、アリバイ作りだ。自分が店にいないタイミングで発火させる必要があった。だからあなたは、同じく『消えるもの』を使って時限発火装置を作った」

それを末羽は見ている。実際に、食べもした。

「オブラート」

そう。

「オブラートの袋に水を入れ、それが溶けたときに水酸化ナトリウムにかかり発火するようにした。袋は何重かにして、溶ける時間を調べる実験もしたでしょう」

つまりこれは――颯人がトリックを総括する。

「製菓の材料のみで作った、時限式発煙装置による犯行だった」

未羽の髪に、ふと勢いを増した暖房の風があたる。陽が沈むと肌寒い季節になってきた。

こういうとき、犯人は「証拠はあるのか」と問いただす。

けれど、隣の席にいるモネはそれを言わない。なぜなら、それは明白に在《あ》るから。

「製菓の材料と道具を用いて作った。その作業はいつものメニュー開発と同じに見える。だからあなたは監視カメラに撮られながらも堂々とそれを作り、仕掛けることができた」

そうなのだ。

犯行がカメラで見つからなかったのは、隠れていたからではない。

映っていた。ただ、そう見えなかっただけだ。

心理的な死角をついた、大胆な犯行だった。

「証拠は全《すべ》てカメラに記録されているでしょう。……証人もいる」

モネから漂う気配がすっかり薄い。観念が伝わってきた。

「……嘘《うそ》よ」

亜利紗が我知らずというふうにつぶやく。

颯人がカロリーヌに「呼んでほしい」と頼んだのは、彼女だった。

犯行の裏付けを取ろうと、最も身近にいた彼女に何かを目撃していないか尋ねたのだ。

かくして、見事に的中した。

『彼が犯人かどうか、私に直接たしかめさせてください』

彼女は一縷《いちる》の希望に縋《すが》るように申し出た。

そして、あえなく散った。

「………どうしてですか？」

亜利紗は彼に問う。自分の言葉に押され、目尻からつと涙が落ちる。

「わからないです。言ってたじゃないですか、大抜擢《だいばってき》だったって。僕はこのチャンスを必ずものにするよって」

モネが伏せる患者のごとく目を上げる。

「なのに、なんでこんなこと……」

たしかにそうだ。

未羽も、彼の動機がわからなかった。颯人もそこは同じという。

大抜擢でチャンスである店のオープンを、なぜ妨げる必要があったのか——。

モネは再びうなだれ、オールバックの髪をくしゃりと掴《つか》む。その体がゆっくり鉛と化していくようだった。

「…………カロリーヌが好きだったんだ」

消え入るほど小さな声。

英語として耳で聴き取れなかったのに、未羽はなぜか彼の言ったことがはっきり理解できた。

「初めて会ったのは、四年前のコンクールの懇親会だった。そのときに一目惚《ひとめぼ》れして、ずっと。だからオファーが来たときは天にも昇る気持ちだったよ。神に感謝した。もしかしたら彼女も僕のことを憎からず思ってくれてるんじゃないかって」

語る彼の印象が、急に幼く見えてくる。洒脱《しゃだつ》な大人ではなく、シャイでナイーブな学生のような。

「……でも、違った」

自嘲《じちょう》の笑い。

カロリーヌには婚約者ができていた。

だから——

「…………こんな店、なくなってしまえばいいと思った」

それきり口を閉ざす。

うなだれたままのつむじや肩には、何を言われても構わない、どうとでもなれと、石つぶてを投げられる前のような自棄が漂う。

けれど、この場に投げようとする者はいなかった。

ただ未羽と颯人の沈黙と、赤く腫《は》らした亜利紗のまなざしだけがある。

生まれて初めて刑事からの聴取を受けた。

ドラマなどよりずっと腰が低く、ソフトな人当たりをしてくる。けれど全身から伝わる岩のようなどしりとした硬さと、鋭く動かない眼が印象的だった。

未羽と颯人は、人通りもようやくまばらになってきた表参道を歩いている。

「……亜利紗さん」

未羽はぽつりと切り出し、それから言葉を選ぶ。

「気の毒すぎだよね」

警察の到着を待つまでの間、ずっと泣いていた姿が焼きついている。しばらく浮かんでしまうだろう。

「尊敬してた……好きだった人に」

「……やっぱりそうか」

「そうだよ」

あの瞳の輝きは、本気の恋だった。

好きな人が犯人で、しかも動機が別の女性への恋だった。その心は想像するだけで辛《つら》い。

恋は、なかなか思いどおりにはいかない。

未羽は、隣を歩く颯人を見る。

——だとしたら。

自分はかなり恵まれているはずだ。

そのとき、お腹《なか》がくぅと鳴った。

そういえば、厨房《ちゅうぼう》での試食からずっと食べていない。

通りの先に、自分たちでも入れそうなカフェが見えた。

「有村」

「！　えっ、なに？」

「家まで送る」

「……う、ううん、大丈夫。一人で帰れるよ」

手を振りながら大丈夫、と繰り返す。

「……そうか」

「うん……」

なんだかぎこちない。

忙しい一日だった。彼も疲れているだろう。余計な負担は掛けたくない。

駅前の横断歩道を渡り、明治神宮前駅へ続くメトロのエスカレーターを降りていく。

お互い、無言。

地上からの吹き下ろしがきた。

その風にふと、中華街のデートを思い出す。

悠希に言われたこと。

彼女が大人の男性と歩いていたこと。

亜利紗の泣きはらした目。

様々なことが脳裏をかすめて、絡《から》まった。

末羽は小さく頭を振って追い出した。


あくる日。


「…………」

末羽はバイトの定位置である店のショーケースで固まっている。

「ちょっと話があるんだけど」

向かいに立つ、敵意剝《む》き出しの美少女。

頭が小さく手足が長い「選ばれた側」の体型《プロポーション》。真っ赤なルージュを引いた癖のある美貌《びぼう》が、末羽を睨《にら》みつけていた。

彼女はたしか——
葵《あおい》さんという、漣の知り合いの令嬢だ。

アイスクリーム

テクノロジーが生み出したスイーツ。
海外を旅すると、冷たい飲み物が冷たい状態で出てくることが
当たり前ではないと気づかされたりする。冷たいものは、贅《ぜい》沢《たく》なのだ。
古代から近世まで、夏に氷菓を食べるには山から氷雪を運ぶ以外なく、
つまりは王や権力者のものだった。
転機が訪れたのは16世紀イタリア。硝石を用いた冷凍技術が発明され、
人工的にシャーベットを作ることが可能になった。
それがフランスに伝わり（イタリアは食文化をフランスに教えた兄貴分）、
ホイップクリームと結びついた結果、パリ最古のカフェ「ル・プロコープ」にて
アイスクリームの原型が誕生するに至る。
日本においては1869年「あいすくりん」の名で横浜にて初めて販売、
後に資生堂が名を馳《は》せた。
最《も》寄《よ》りのコンビニなどでお求めになれる。

Petit gâteau

ここで、大広漣の一日を見てみよう。

兵庫県芦屋《あしや》市、かの六麓荘町《ろくろくそうちょう》に家はある。

六甲山の麓《ふもと》にある日本有数の高級エリア。町内会の入会費が五〇万円、家を建てるには最低でも四〇〇平方メートルの敷地が義務づけられていることが有名である。

つまり、各界を代表するセレブたちのお屋敷の内のひとつが彼の家だ。

白い塀に囲まれ、門から車がそのまま入っていける。

庭園に面した部分をほぼガラス張りにした、パンフレットに出てきそうなモダンな豪邸。塀に囲まれているので、人目の問題もない。この光降り注ぐ開放的な住環境が漣の人格形成に影響を与えただろう。

彼の部屋は、一〇畳ほどの広さ。壁にグラフィカルな絵や写真が飾られている。

本棚にはビジネス書や写真集、旅行記の類《たぐい》が多い。

機能美のあるデスク回りはきちんと整頓《せいとん》されているが、これは家政婦の仕事によるものだ。漣はいわゆる「外はきっちり・内はずぼら」なタイプで、自室の片付けはあまりしない（やればできる）。

「……くぁ……」

朝。漣が目覚めた。

「んん……んなはアッ！」

変な声で伸びをする。

鳴る三分前のアラームを止め、サイドテーブルの水をコップ一杯飲む。

充電しておいたタブレットを開き、仕事アカウントのメールチェック。すぐ返せるものをさくさく返信していく。

指揮者のごとく淀《よど》みない彼の指が、ある送信者の名で重たげに止まった。

『徳川《とくがわ》葵』

幼なじみにして、親会社の令嬢。

メールを開くと、別のコンビニチェーンの残業代未払いのニュース記事が貼《は》られており、

『あなたのところは大丈夫なんでしょうね』

漣はため息をつく。

毎日だ。

昨日は別のコンビニチェーンが出した新作スイーツの感想《レポート》が一方的に綴《つづ》られ『あなた

のところのより美味《おい》しかった』と結ばれていた。

はじめはＬＩＮＥでやりとりしていたが、漣が「寝てました」を多用した結果、仕事アカウント（教えてない）にも送られてくるようになった。

漣は己の感情をビジネスライクに殺し、問題ないという返事を綴る。しかしすべてをビジネス文で返すとなぜか烈火のごとく不機嫌になるので、人間的な温度も最後のくだりでにじませる。

レスのリレーにならずにすむよう送信を二時間後に設定して、朝の大仕事が終わった。

正直、めんどくさい。相手が相手でなければスルーだっただろう。

――ま、しゃあないなあ。

葵がなぜ自分にこんなことをしてくるのかという理由はわかっているし、それを受け入れるだけの過去の負い目もあった。

「おはよう」

ダイニングで交わされる挨拶《あいさつ》はすべて関西イントネーションだ。

今朝は社長である父も食卓を囲む。東京と行き来しているので三人揃《そろ》うのは週の半分もない。去年までは姉もいたが、イギリスに留学中だ。

「社長」

「なんや」

仕事の話をするときは社長と呼ぶのがルール。朝食は事実上のミーティングである。

父と息子で他に話題がないという理由もある。

「漣さん」

それが終わったタイミングで、近畿大名の血を引く母が口を開く。

「葵様とは、最近いかがですか？」

「はあ……」

今朝もめんどくさいメールがありました。

「まあ、ぼちぼちです」

曖昧《あいまい》な返事に、母がやや不満げな色を浮かべる。どうも母は葵との関係性を誤解しているふしがある。

「今度こちらにいらしたときに、我が家にお招きして食事でも。ねえあなた」

「そうだな、ぜひ」

――いやや。

もちろん口に出しては言えない。

「あはは」

漣の通う学校は、山の麓にある中高一貫校だ。

関西の名門セレブ校である。山の上に「アホなボンボン御用達《ごようたし》」の私立があり、そこと混同されることが悩みだが、こちらはれっきとした進学校。

とはいえ、ここにも色々な生徒がいる。

「よう、大広！」

ヤンキーっぽい風貌《ふうぼう》のイケメンが、漣と肩を組んでくる。

彼の名は大徳寺。大徳寺グループの御曹司《おんぞうし》であり「金で買えないものはない」を地でいくワガママお坊ちゃまだ。

「なあ、マジうちのグループ入れよ？」

大徳寺は幼なじみのイケメン三人とつるんでおり、校内で「Ｂ４」と呼ばれている。

Ｂとはブロッサム、つまり花の四人組というわけだ。校内で無敵に振る舞う彼らだが、最近、一般入試で入ってきた庶民の女生徒が反旗を翻《ひるがえ》しているという。だから五人目をということだろうか。

「……まあ、考えとくわ」

「あー！　あの庶民の女懲《こ》らしめてー！」

大徳寺はわがままなので、発言も自分中心で脈絡がない。

「あんま悪いことしたらあかんで」

ということもあるが、漣はクラスの人気者として平和で明るい学園生活を謳歌《おうか》している。

しかし。

「遅いじゃないの！」

漣は目眩《めまい》を覚えた。

放課後の正門前に、葵がいた。

東京に住む彼女がなぜ今ここに。いや、それだけならまだ過去に例がないわけではない。だが、

「……葵さん、それ……」

「罰よ」

葵が大徳寺を踏んでいた。手首の関節を極《き》め、うつぶせにして背中にヒールを突き刺している。

すぐそばには、茫然《ぼうぜん》となっている噂《うわさ》の庶民の女生徒。

顔面蒼白《そうはく》のＢ４メンバー。

漣はおおよその状況を察した。

帰りたかった。

「……葵さん、そいつそろそろ放したったら？」

「駄目よ。こういう馬鹿《ばか》は、きちんと弁《わきま》えさせないと」

「もう気、失ってるんで」

「あらそう」

葵は摑《つか》んでいた腕を、拾った枝のように放す。そして、

「あなた、大丈夫？」

大徳寺を踏んだまま女生徒に問う。

「はい！」

女生徒は曇りなき笑みで応《こた》える。彼女もなかなか肝が据わっているようだ。

漣はその天真爛漫《てんしんらんまん》さにふと未羽のことを思い出し、少し胸をせつなくさせる。

「葵さん、なんでここに？　学校は――」

「今日は創立記念日でしょ」

「でしょと言われても」

「大広に渡すものがあるの」

「あの、そろそろ足の方も……」

「これよ」

白い封筒を差し出す。

「うちがやるハロウィンパーティーの招待状」

「なんでわざわざ直接……」

「か、勘違いしないで！　たまたま別件があったから立ち寄っただけよ！」

ぷいっと顔を逸《そ》らす動きと連動し、ヒールが大徳寺の背中を鋭くえぐった。

野次馬、ドン引きである。

「と、とりあえず行きましょう」

漣は葵の手を引く。

「なによっ、放しなさい！」

と言いつつ、抵抗しない。

「ああそうだわ、せっかくだからあなたのご両親にも会っていきましょう。おじさまは今、こちらなんでしょう？　もうせっかく神戸まで来たのだからついでに」

どこか機嫌よくつぶやく彼女の言葉に、漣は瞑目《めいもく》する。

きっと両親は夕食まで引き留めるだろう。

そして戦国的な価値観を持つ母が誤解をもとに泊まっていくよう勧め、ひどく不自然な理由で父とともに外出し、一晩中二人きりにさせようと企てるかもしれない。

漣にとって、長い一日となりそうだった。

trois

キャンディーアップル

1

未羽は、ショーケースの前で固まっていた。

「あなたと話がしたいのだけど」

漣から「葵さん」と呼ばれていた少女が、こちらを鋭く見据えている。

細いシルエットの黒い服。明らかに住む世界の違う風格を持つ彼女の存在に、店内の空間がわずかに歪《ゆが》んでいるかのよう。

「わ、わたしですか……？」

「そうよ」

もどかしげに言う。はっきりとした敵意が伝わって、未羽は萎縮《いしゅく》した。

「二人きりで話したいから、外に来て」

鼓動が高鳴り、毛穴がチリチリしだす。

助けを求めて視線を泳がせると、ショーケースのまわりには注文を待っている客たち。何事だという興味と、迷惑そうな色が混ざっている。

颯人が、イートインスペースからこちらに向かってきていた。未羽はそれで、ほっと心強くなった。

「申し訳ありません、今、仕事中ですので……」

未羽が返した瞬間、葵の片眉《かたまゆ》が鋭角に跳ねた。

——ひぇっ。

葵が左右を振り向くと、客たちの腰が引ける。怪獣が眼のビームでなぎ払っている絵《え》面《づら》が浮かんだ。

そしてこちらに向き直る。未羽は身構えた。

「たしかに他の客の迷惑ね！」

案外、聞き入れた。


八雲の住宅街にある桜並木のベンチ。

落ち込む颯人にティラミスを渡したり、思い出も多いが、バイトを始めてからは休憩中に足を伸ばすおなじみの場所になった。

葵が隣に座り、すっかり朱《あか》みがかった葉をつんとみつめている。

その高級感のある黒い服とあいまって、まるでフランス映画のワンカットのようだ。

未羽はちょうど一人分離れた位置で縮こまっている。

——なんの話だろう。

緊張しながら待っているが、葵はなかなか用件を切り出さない。座ったのはついさっきだが、体感的にはもう一〇分以上はこうしている気分だ。

このままでは、休憩時間が終わってしまいかねない。

「あの——」

「大広とはずいぶん仲が佳《い》いようね」

「……大広？」

葵がうなじからゆっくり髪を梳《す》き上げる。

「ああ、漣くんですか？」

チッ。

——舌打ちした！

びくりと震える。

「どうなの？」

「どう……と申されますと……」

「べっ、べつに」

何度も急ピッチに髪を梳きつつ、

「私は大広が誰を好きで付き合おうとなんとも思わないし、どうでもいいのだけどっ」

未羽は驚愕《きょうがく》した。

まさかこんなにわかりやすい態度が現実にあっていいのだろうか——と。

だがそう考えれば、これまでの出来事もぴったりはまる。ぴったりすぎて怖《おそ》ろしいほどだ。

「……大広と付き合っているの？」

「付き合ってません」

未羽ははっきり言う。

「わたし——今、付き合ってる人がいるので」

葵が、虚を突かれた顔をした。

がり。彼女のヒールが冷えた砂利を擦《こす》る。

「……ほんと？」

「はい」

「誰？」

「店にいた男子です。何回か会ってると思いますけど」

「…………」

思い出せないらしい。ただ、

「あ、そう」

つぶやく顔が、光を浴びたように開いてくる。

「へえ、ああそう、へえ」

彼女のまわりの紅葉が、桜にでもなったかに映った。

すっくと立ち上がる。

「時間を取らせたわね」

クールに言う口許《くちもと》が、自覚がないのだろうというくらい、だるだるに緩んでいる。

「ご機嫌よう」

踵《かかと》を鳴らして去る。

数歩進んで急に立ち止まり、振り返ってきた。

「そうだわ！」

とてもよいことを閃《ひらめ》いた目をしていた。


「ねえ最上くん、ハロウィンパーティー行かない？」

入口のドアに『ｃｌｏｓｅｄ』の札を掛けつつ、未羽はもちかける。

颯人が掃除機を床に置きながら、怪訝《けげん》そうに見てきた。

「さっきの、葵さんって子に誘われたの」

「それが『話』だったのか？」

「うん、まあ」

店が開いている間は私語厳禁と末羽は決めている。颯人となれた感じで会話でもすれば、女性客からヘイトを集めること必至だからだ。

近頃は、もし付き合っていることがバレたらどうしようと想像し、痛し痒《かゆ》しの恐怖を覚えることもある。

「わたしと最上くんを、ぜひ招待したいんだって」

「なぜ」

「さあ。――あ、でもね」

ゔぃー。掃除機をかけ始めてしまった。

「最上くん」

興味なしというスルー。

「どうかした？」

青山が厨房《ちゅうぼう》から出てきた。

「さっき来た子に、ハロウィンパーティーに招待されたんです」

「あそこから、そういう話になったの？」

意外そうな顔をする。

「まあ、いろいろありまして……」

「あの子、ＳＥホールディングスのご令嬢だよね」

「えっ！」

日頃からあちこちで聞く超有名企業だ。どうりで風格がある。

「じゃあやっぱり、めっちゃ豪華なパーティーなんですよねっ？」

俄然《がぜん》、わくわくしてきた。

「だろうね。一流ホテルのフロア貸切とかだと思うよ。会場に寿司《すし》の屋台が出てたり」

「寿司の屋台⁉」

「うん、有名寿司店の職人さんが出張してきて、その場で握ってくれ——」

「最上くんっ‼」

未羽はダッシュで寄り、袖《そで》を引っ張る。

「行こうよ！　ねえ！」

颯人は無視して掃除機をかけ続ける。

「いこーよう‼」

太鼓のごとく背中を連打した。

「…………」

颯人は深々とため息をつき、無言でスイッチを切る。そして、未羽の頭上にチョップを落とした。

行くことになった。

2

夜の銀座は、表参道のそれとは趣が違う。

人の歳《とし》にたとえれば、表参道は四〇。銀座はそれ以降といった雰囲気だろうか。より落ち着いており、店が閉まるのもおよそ早い。

街にはミシュランガイドに掲載されるラグジュアリーな一流ホテルがいくつもそびえており、それも大人の表情を感じさせる一因だろう。

「…………」

一七歳の未羽は、生まれて初めて入った一流ホテルのロビーに圧倒されている。

開けた空間、広々としたラウンジ、歴史と重厚さを感じさせる天井と絨毯《じゅうたん》。豪華な季節の飾り、行き交う身なりのいい大人たち、外国人。

自分の一張羅が、守備力の低いぺらぺらな装備に感じられて落ち着かない。

「す、すごいね」

隣の颯人は普段どおりだ。場にも違和感がない。こういうとき、彼の落ち着きはありがたかった。

「会場は……三階だよね」

バッグから招待状を取り出す。何度も見たのだが、つい確認してしまう。

そうしている間に颯人は素早くフロア案内のプレートをみつけ、

「あっちがエレベーターだな」

さっさと歩きだす。

未羽はヒヨコのようについていきつつ、招待状を封筒にしまう。高級感のある白い紙の手触り。

一流ホテルのパーティーに招かれたことが誇らしくて、電車の中でも広げてはうきうきしていた。隣の人にちらっと見られてあっと思われるかもしれない、とか。

エレベーターも広くてキラキラだ。上がる。

「最上くんは、なんのコスプレするの？」

「しない」

「えー」

そう。ハロウィンパーティーということで、仮装ありになっている。しかも希望者には会場で衣装のレンタルとメイクのサービスを提供する旨《むね》が書かれていた。

というわけで、やる気満々の未羽は開宴の一時間半前に馳《は》せ参じている。

ピンポン。

エレベーターの扉が開くと、もうそこは――宴《うたげ》の一部だった。

受付の白い机が横一線に鮮烈に並び、ブラックスーツとハロウィンコスプレをした社員たちが笑顔で来客を迎えている。上場企業が選抜した精鋭《イケメン美女》たち。

「仮装とメイクをご希望の方は、つきあたりを左に曲がると入口がございまーす！」

魔女のコスプレをした女子社員が、奥の通路で案内している。

「フロアを全部借り切っているのか」

「あの魔女の服かわいい！」

颯人と未羽で注目する部分が違う。

「あの服あるかな。着たいなぁ」

颯人が魔女に目を向ける。肩が出てスカートがふわりと広がった、小悪魔系といった感じの衣装。

「どう思う？」

「……べつに」

未羽はわずかに肩をすくめ、

「ほら、受付しよ？」

ぎこちなく記帳を済ませ、ビンゴ大会の用紙を受け取り、奥の通路に進む。

左がコスプレルーム、右がウエイティングルームだ。

「俺は向こうにいる」

「うん」

コスプレルームの入口からは、すでに楽しそうな匂《にお》いが漂ってきている。

「ほんとにしないの？」

「しない」

なので、左右に分かれた。

本来は宴会場らしき部屋の入口には、目隠しのパーテーションが立っている。

そこを抜けると、想像よりずっと広くて華やいだ空間が広がっていた。

何列ものハンガーラックにずらりと掛けられたとりどりの衣装を、女子たちが楽しげに物色している。

奥のメイクブースには着替えた人々が並んでいて、その先にいる五人のメイクアップアーティストがてきぱきと化粧を施していた。

——同じ日本……？

未羽の生活では発想すらしなかった豪華なパーティーのシステムに茫然《ぼうぜん》となりつつ、そこに足を踏み入れていく。

衣装を選び、初めてプロのメイクを受けた。鏡に映る自分にときめく。

たくさんの女子たちが共有する楽しくきらびやかな空気。魔法にかかったようなひとときだった。

未羽はガラスの靴を履いたような足どりで、颯人の前に立った。

「どう!?」

振り向いた颯人が、一瞬で目を逸《そ》らす。

——えっ。

あわてて自分の格好をたしかめる。

「どっかおかしい……?」

直前に鏡で見たが、ばっちりだったはず。

念願の魔女コスプレで、メイクもさすがのクオリティ。露出した肩と足許がすーすーするが、これもパーティー気分が高まっていい感じだ。

「……いや」

颯人は言いつつ、だがこちらを向こうとしない。手で口許を押さえ、妙に難しい顔をしている。

「え、やっぱり変?」

「……そんなことは、ない」

さすがに「かわいい」などのコメントは期待していなかったけれど。

未羽は気を取り直し、

「いやあ、コスプレってすごいテンション上がるねー」

颯人の隣に並ぶ。

とたん、彼が半歩、離れた。

「？　どうし――」

「何か飲むか？」

「あ……うん」

颯人がボーイを呼び止めた。ドリンクが載った銀トレイから、オレンジジュースを取る。

「……有村」

「なに？」

彼がようやくこちらを見て、また弾《はじ》かれたように前を向いてしまう。

「やはり、俺も行ってくる」

言うが早いか、コスプレルームに向かっていく。

「……へ？」

未羽はきょとんと見送る。

あんなに興味がなさそうだったのに。どういう心境の変化だろう。

「うわはっ！」

戻ってきた颯人の姿に、未羽は変な声が出た。

獣耳。

狼男《おおかみおとこ》のコスプレをした颯人が、狼の耳を着けていたのだ。

それがなんというか、かわいい。

「やばい。え、え、待って？」

未羽は何かのスイッチが入ってしまい、にやけ顔をしつつ颯人をいろいろな角度から眺める。

「写真撮らなきゃ！」

「やめろ」

憮然《ぶぜん》とした顔も、狼耳の効果で可愛《かわい》く見える。本来なら絶対しないであろうイメージとのギャップで、破壊力は抜群だった。

「うーん。いい」

味醂《みりん》のごとく照り光る未羽のまなざしに耐えかねたように、颯人が耳を外そうとした。

「あっ、だめ！」

未羽は思わず止めようとして、颯人の手の甲をしっかと摑《つか》んだ。

瞬間、彼の表情が変わる。

ぎょっ、と――驚き拒絶する形に。

――えっ。

颯人が身を退《ひ》きつつ、とっさに会場の入口に目を向けた。扉が開き、来場者が続々と中に入っている。

「俺たちも行こう」

彼が何事もなかったように言う。

「う、うん」

未羽もそうするしかなかった。

3

煌《きら》びやかなパーティーだった。

広々とした一流ホテルの宴会場。まず違いを感じるのは照明の質感だ。何も遮ることなく空間をまんべんなく心地よい感触で満たしている。

白いクロスが掛けられた立食用の円卓、中央で銀に輝くビュッフェには数名のシェフが立ち、仕上げのひと手間を加えた皿を提供している。

何より、来場者たちがハロウィンの仮装をしている遊びの要素が、ここがより贅沢《ぜいたく》な場であると雄弁に示していた。

未羽がすぐさま発見した壁際《かべぎわ》には、宝石のようなスイーツ群。ケーキ、パフェ、フルーツ、チョコレートファウンテン。そして。

――寿司あった!!

屋台をみつけ、テンションがガッと上がる。

小さなカウンターに二人の職人が並び、専用の小皿にプチサイズの寿司を握っていた。

行こ、最上くん！　そう言おうとしたとき――

「まあ、ようこそ有村さん！」

声に振り向くと、葵が満面の笑みで歩み寄ってきた。

シスターの仮装をしている。首に提げたロザリオが大げさに作られており、コミックに登場するエクソシストというなりだった。

「来てくれてありがとう」

「いえ、こちらこそお招き頂き……」

未羽は応《こた》えつつ、葵の隣に立つヴァンパイアに驚いている。

「未羽ちゃん……」

漣《ヴァンパイア》もまた、目を見開いていた。なぜここに、という色を浮かべつつ隣の颯人に視線を移す。

「実はね、大広！」

葵が未羽の横に回ってきて、意気揚々と手で指し示す。

「この二人、付き合ってるんですって!!」

刹那《せつな》、漣の目許にわずかな苦味が差す。

「――あら、知ってたの？」

葵がそれを鋭くみつけ、瞳《ひとみ》を爛々《らんらん》とさせる。

「……まあ」

「へえ。そうなの」

未羽は悟った。彼女は漣にこれを見せるため、自分たちを招いたのだと。

「お似合いよね？」

葵はとても楽しげに言う。

好きな男子を傷つけ、屈折した高揚を覚えている——未羽はそれがわかって、いたたまれない気持ちになった。


「えー、そのコスめっちゃ可愛いやん！」

漣がいつもの調子で褒めてくる。

「あ、そ、そう？」

「よう似《に》合《お》てるわぁ」

「ありがとう」

誰にも褒められていなかったので、言葉にされると素直に嬉《うれ》しい。

「っ、漣くんっ？」

さらりと手を取られていた。

「一曲踊って頂けませんか？」

「へ？　ダ、ダンスとかあるの？」

「ないけど」

「もうっ」

笑いながら振り払った。

「めっちゃええステップ踏むのになぁ」

以前と変わらない、ふざけあう空気が生まれた。

そのとき、未羽の皮膚がビリッと脅威を伝える。

葵が、尻尾《しっぽ》を握られた猫のようなまなざしでこちらを見ていた。

——ひッ。

「行くわよ大広」

「え？　いやあ僕はもうちょい二人と話したいんで」

葵の全身の毛が逆立つ姿を、未羽は幻視《み》た。

「葵さん、他に挨拶《あいさつ》したいとこあるなら、遠慮なく？」

——こわいこわい！

漣くんよくそんな笑顔で言えるね⁉

葵の白い頬がはっきりと紅潮する。

「あっそう！」

踵《きびす》を返し、空間を裂くような勢いで去っていった。

4

ビンゴ大会が始まっている。

『どんどん行きましょう！　次の番号は……はい、５！』

ステージでお笑い芸人が進行をしていた。

バラエティでもよく見る有名なコンビだ。実物はテレビよりもシュッとしていてかっこいいなと未羽は感じる。ただ、パーティーという場の性質上、客は彼らを見に来たわけではない。ライブのように盛り上がらず、同伴者とのやりとりに集中していることも多い。そういう意味では若干のアウェー感が漂っていた。

そして、未羽は早くもリーチである。

読まれた数字がことごとく一列に埋まった。親指で押し開けたビンゴ用紙を見つつ、ちょっと体温が上がっている。

「あっ、未羽ちゃんリーチやん！」

漣が言い、自分の用紙をひらりとさせる。

「僕は三つやけどバラバラやわ。最上くんは？　……え、ほんまに？」

「…………」

一つも埋まっていなかった。

「ま、まあ、まだ始まったばっかりやし」

さすがに漣もいじれない。

「こういうんは毎回当たる人おるからなぁ。末羽ちゃん、そっち側なんちゃう？」

「え、どうかな。初めてでよくわかんないけど……」

末羽はそれより彼と葵の関係に純粋に興味があったが、そこにふれられる流れではない。

「そういや最上くん、ワールドカップのこと聞いてる？」

漣が話題を変えた。

「なんだ」

「勤続年数の条件、なくなるっていう噂《うわさ》やで」

颯人の表情が変わる。

「本当か」

「まだ確定やないけど、そうなりそやって」

何か言いたげににやりとしている漣。颯人の鋭いまなざしはもう心ここにあらずといったふう。

「……コンクールか何か？」

未羽は漣に尋ねた。

「せやで。パティシエの世界一を決めるワールドカップや」

あ、と思って、颯人に目を向ける。

そう。彼の夢は師と同じく、世界一のパティシエになることだ。

「昔、青山さんが優勝した大会だよね？」

「ちゃう」

「え」

「その大会はなぁ」

漣が渋い笑みを浮かべた。

「審判の不正がひどくて、前から問題になってたんや。そこでもっとフェアで、業界みんなが納得できる世界一を決めようって、ここ一〇年くらいで一気に出てきたんが『ワールド・ペストリー・チーム・コンペティション《W・P・T・C》』。通称、ワールドカップや」

「……審判の不正って、ほんとにあるの？」

「あるある。めっちゃある。しがらみだらけや」

「……『味』という個人の主観にできる項目が高くつけられたりな」

颯人の表情には深い憤《いきどお》りがにじんでいる。何か具体例を知っているのかもしれない。

「じゃあ、漣くんも最上くんも、そのコンクールを目指してるの？」

「ああ」

「せや」

なんのためらいもなく応える。同じ高校生である二人が。

「今までは『店に五年以上勤務していること』っていう参加条件があったんやけど、もしそれがなくなったら……」

未羽は気づく。漣は不敵に笑んだ。

「僕らも出れる」

『67番です！』

「ビンゴ!!」

未羽は挙手した。

漣が爆笑。

『威勢がいい』

ステージの芸人がいじり、まわりの人たちもくすくすと未羽を見る。

火が出るくらい恥ずかしかった。

「やっぱ未羽ちゃんはおもろいなぁ」

漣がしみじみと目を細める。

『ビンゴ一番乗りは、威勢のいい魔女の子！　どうぞステージへ！』

未羽はうつむきながら、ひょこひょことステージに上がる。

宴席に向かって立つと、視界が一気に変わった。フロアが見渡せ、たくさんの客たちが自分を見ている。芸能人に挟まれ、ふいに現実感があやしくなった。

『お名前は？』

『……有村未羽、です』

『さっきみたいな声、出ない？』

観客から小さな笑いが起こる。

『じゃあ未羽ちゃんには「アップルボビング」で景品を選んで頂きます！』

スタッフが四人がかりでビニールプールを運んできて、ステージ中央に置いた。

中には水が張られ、たくさんの林檎《りんご》が浮かんでいる。

――？

『ご存じの方もいるかもしれませんが、本場のハロウィンでは恒例の遊びです！　じゃあ井出さん、お手本お願いします！』

『合点！』

相方がビニールプール前に膝《ひざ》をつき、前屈《まえかが》みになって、口で林檎のヘタをくわえる。

運動会の障害走のような構図だ。

『いいですか？　アップル〜〜〜ボビングっ！』

声に合わせて林檎をつり上げた。さすがプロの芸人だけあり、動きに面白さが出る。会場がちょっと沸き、暖まった。

『はい！　これは見本の林檎ですが、実際には下に景品の番号が書かれています！』

『では未羽さん、はりきってどうぞ！』

女性スタッフが笑顔で水避《みずよ》けのビニールを前に掛けてきた。

未羽は素直に面白そうだと思った。こういうレクリエーションは大好きだ。

ビニールプールの前に膝をつき、いそいそと浮かぶ林檎たちを見渡し、

「………ふぁむっ」

ヘタをくわえた。

『いいですか？　アップル～～～～ボビングっ！』

豪快につり上げた。

ノリのよさに、思いがけず大きな拍手が起こった。

『素晴らしい！』

『何番ですか⁉』

未羽は林檎を手に取り、数字を探す。――と、撫《な》でる指の腹に妙な引っかかりがあった。見ると、小さな文字が刻まれている。

レン

——え？

『8番！』

数字をたしかめた芸人が読み上げた。

『8番の景品はなんですか！』

『えー8番は……！』

相方が手許のリストを開く。

未羽の興味も、いったんそちらへ移った。

『SEホールディングスのドキュメンタリーが収録された「アースの夜明け」のブルーレイセットです!!』

微妙だった。

5

未羽はトイレの鏡で身だしなみを直していた。

ビンゴ大会の最中だからか、驚くほど空《す》いている。

ほつれた前髪を指で分けつつ、ふとさっきのことを考えた。

『レン』

——なんだったんだろう……？

たまたまついた傷ではない。明らかに彫刻刀などを使って刻んだものだ。誰かが何かしらの意図をもってやったと考えるのが自然。

——レン。

——漣くんとは関係ないよね……。

ぶつぶつと思いながら、トイレを出た。

「未羽ちゃん」

声に顔を上げると——漣がいた。

ちょうど考えていたところだったので、びっくりする。

彼が壁際のソファに優雅に座り、手招きしている。

「漣くん、なんで？」

「まあまあ、ここ座り」

空いている隣をぽんぽん叩《たた》く。

「最上くんは？」

「ビンゴぜんぜん当たらへんから空気やばいわ。ちょっとだけやから」

彼がまた促してきたので、未羽はためらいつつも座った。

会場から出たスペースには同じようにソファで話しているグループや、立ち話をしている関係者たちがいる。

漣の気配を隣に感じて緊張する。二人になると、さっきみたいに言葉が出ない。

「あっ、そ、そういやさ」

それでも未羽は無理やり沈黙を断つ。

「わたしが取った林檎に『レン』って字が刻まれてたの」

「へえ？」

「カタカナで、彫刻刀を使った感じでね。なんなんだろうねっ？」

「なんやろな。気になるなぁ」

と言いつつ、あまり興味がないことが伝わる。話したいことが別にあるというふう。

未羽はなんとなくそれを避けたい。

「もしかして誰かが漣くんのこと――」

「なあ未羽ちゃん」

彼がやんわりと遮った。

「最上くんとは、どうなん？」

聞かれたとき、未羽は予感が当たった、と思った。

「え？　ええと」

髪をさわり、できるだけ軽い表情で。

「うん、ぼちぼち」

漣が微笑《ほほえ》みを浮かべながら、じっとみつめてくる。

「ぼちぼち？」

「順調。一緒に中華街と野球観《み》に行ったよ。一緒に登校とか、帰ったりもするし……」

「でもまだ、手もつないでへんやろ？」

確信のある響きに、未羽の胸が冷える。

「すぐわかったわ」

「……なんで？」

「空気。恋人の距離感みたいなん、あるやん」

突き刺さる。「恋人の距離感」。まさしく自分も気にしていたものだからだ。

「前とぜんぜん変わってへんもん。付き合ってるカップルに見えへんし、あちゃーって思たわ」

未羽は意識せずうつむいてしまう。

「不安なんちゃう？」

彼の声が、これまでより耳朶《みみたぶ》のそばに感じる。

そのとき、ソファが重さの移動でわずかに波打つ。

目を上げると——漣の顔がすぐ近くにあった。

「僕やったらそんな思いさせへんのに」

甘く光る瞳がまっすぐにみつめてくる。ヴァンパイアの衣装と化粧を纏《まと》う彼はいつもよりずっと妖《あや》しく美しく。虹彩《こうさい》に自分の影が映っている。

清潔な男子のいい匂いがする。

彼の大きな手が自分の小さなそれに重ねられようとしている。スローモーションに映るのに、動くことができない。

それでもどうにか口を開こうとしたとき、

「んっ！　んんッッ!!」

咳払《せきばら》いが稲妻のごとく響いた。

打たれたように振り向くと——黒いエクソシストが仁王立ちしていた。

「……葵さん？」

葵は、親を殺した吸血鬼を前にした表情で漣を見下ろしている。

漣は頬を引きつらせ、未羽から離れた。

と、葵が無言で詰め寄り、彼のベストのポケットに手を突っ込んで――やりかけのビンゴカードを取り出す。そして、

ばすっ！　ばすっ！　ばすっ！　ばすッ！

心臓に杭《くい》を打つ勢いで一列に穴を穿《うが》ち、漣の胸に叩きつけた。

「ビンゴよ」

漣は夜明けの蝙蝠《こうもり》のごとく退散していった。

それを最後まで見送った葵が、キッ！　と音が聞こえる勢いで未羽に振り向く。

「あ、違うんです……」

何が違うのかは、自分で言っていてもわからない。

「嘘《うそ》つき」

葵が茨《いばら》の女王のごとく言う。

「……嘘？」

「本当は大広に気があるんでしょう」

驚きのあまり未羽は呼吸が止まる。なぜその結論になるのか。

「――いや、あの、見てました？」

理不尽を正そうと、むきになる。

「明らかに、漣くんの方からわたしに――」

瞬間、未羽はあっと血の気が引く。

葵の体内で爆発が起こったのが見て取れた。深海の爆破実験を観測しているふう。

彼女の気配が赤く膨れあがる。正論はかくして悲劇を生む。

くる。

未羽は爆風に備えた。

「なんで林檎盗《と》っちゃうのよ!!」

未羽は目を閉じ………首を傾《かし》げる。

――林檎？

まぶたを開けると、動揺する葵の表情があった。

「ちっ、違うわよ！」

真っ赤になって否定する。

「私が書いたんじゃないからっ！」

そこまで言われて——未羽の中でつながった。

『レン』

林檎に書かれていた謎《なぞ》の文字。

あれを書いたのが葵だとするならば。

「……あれって、漣くんのことだったんですか？」

「違うったら！」

わかりやすすぎる。

未羽の中で答えは確定した。だが。

「そうですか」

と空気を読んだ。深追いしても何の益もない。真実を突きとめる探偵ではないのだ。

「じゃあ」

会釈《えしゃく》して席を立つ。自然に去ることができそうだ。

がしっ！

手首を掴まれた。

振り向くと、追いつめられた仏頂面《ぶっちょうづら》。唇を締め上げ、そっぽを向いている。

「…………大広には言わないで」

自分から認めた。耐えきれなかったのだろう。

「……言いませんよ」

「…………」

掴む力が緩む。

「あれは、なんだったんですか？」

一応聞いてみた。

「……どうでもいいでしょ」

「ですよね」

手を解いて、今度こそ去ろうとする。

「……おまじないよ」

——言うんかい!!

「私が取るはずだったのよ……」

伏せたまなざしにかかる睫毛《まつげ》。そこに帯びる濃くしとやかな気配。

未羽は察した。絶対に恋愛成就《じょうじゅ》系のそれだと。

好きな人の名前を書いた林檎を取る。

おそらくあの、アップルボビングにちなんだおまじないなのだろう。

未羽はまわりの様子を窺《うかが》い、このままでは目立つとソファに座り直す。

「……でもあれ、ビンゴだったじゃないですか」

　抑えた声で言う。

「自分が引けるとは限らないですよね？」

「…………」

「それ含めの、おまじないなんですか？」

「いえ」

「だったらなんで——」

「だって」

　諭されている子供のごとく返す。

「その方が運命になると思ったから」

　末羽はまたしても驚愕《きょうがく》した。

　このこじらせ具合は、なんだ。

　こんな人が真にいたのか。

「！　か、勘違いしないで」

　末羽の反応を見た葵があせったふうに、

「これはその、おまじないといっても私と大広がどうこうなるっていう、そういうやつじゃないから！」

　なんてもどかしいのだろう。

打ちひしがれながら、未羽は彼女に対してこれまでになかった温かな印象を芽生えさせた。

このおそろしく不器用なお嬢様は、本当に漣のことが好きなのだなぁと。

6

生まれて初めて、逆ナンを目撃した。

颯人と漣に、ナースの仮装をした女性二人が声をかけている。社会人だろうか、どちらも大人っぽくてレベルが高い。

「……」

未羽は、あそこに戻るのが躊躇《ためら》われた。

割って入り、彼女らの敵意にさらされるのは気が重い。

恋人として堂々と……という自信も持てなかった。さっき漣に言われたことが響いてしまっている。

だから未羽は、こそこそとスイーツに走った。

ジャック・オ・ランタンなどハロウィンらしい飾りつけがされたスペースには、パンプキンパイ、かぼちゃのプリンアラモードという約束はもちろん、とりどりのプチガトーや芋スイーツ、チョコフォンデュまでも備えた楽園となっていた。

――うおっほう！

一瞬で心奪われ、楽園に漕《こ》ぎ出す舟であるところの取り皿（大きい方）を手にしようとしたとき——目に飛び込んでくるものがあった。

棒に刺さった林檎。

並び立つ、林檎飴《あめ》の赤い森である。

——懐《なつ》かしい。

まず浮かんだのは、いつかの祭で食べた曖昧《あいまい》な記憶。味はよく思い出せない。ということは、ぱっとしないものだったのだろう。

普通ならそのひとときの感傷を味わったあと、本命であるかぼちゃスイーツに向かうところだった。

しかし。

そこにある林檎飴は、そそる面構えだった。

祭のそれのようにわざとらしい赤色ではなく、本来の果皮が飴にぼけた薄紅。表面には果実の気泡による穴がいくつもあり、それがなんとも本格的なものに映るのだ。

——ここは一流ホテル。

あの林檎飴は、わたしが知っている林檎飴とは違うものかもしれない。

その好奇心が、未羽の選択を変えた。

艶《つや》めく飴の森の前に立ち、その一本を抜いた。

「キャンディーアップルやん」

声に振り向くと——漣と颯人が立っていた。

「キャンディーアップル？」

未羽は茫然《ぼうぜん》としつつも聞き返す。

「正式名っていうか。もともとアメリカのもんやし」

「えっ、そうなの!?」

日本のものだと勝手に思っていた。

漣が隣の颯人に「な？」と振る。

「アメリカのパティシエが発明したものだ」

「ええ……そうなんだ……」

言われてみれば、さっきのアップルボビングも林檎の遊びだ。

颯人がナイフとフォークを取ってきた。

「最上くん、切ってあげんの？」

「放っておくと、そのままかじりつきそうだからな」

「……だめなの？」

「本場はカットすることが多くて、その方が美味《おい》しいかな」

手近な空いていたテーブルに移る。颯人が林檎飴を載せた皿を置く。

棒をつまんで固定し、ザクッとナイフを入れた。

芯《しん》の部分を四角く残し、まわりの実をそぎ落とす。

「さっき、お姉さんらに逆ナンされてんけどな」

「！　えっ、あっ、うん？」

見ていなかったことにしないと。

「最上くんがガン無視するから、どんどん空気悪《わる》なっていって。未羽ちゃんみつけたから、すぐこっち来たわ」

「そ、そうなんだ」

「まあ僕も、未羽ちゃんといた方が楽しいしな？」

ガキッ！

颯人のナイフが皿の底に激突する。彼の技術を考えると、珍しいことだった。

「ほら」

彼がやたらと仏頂面でフォークを人数分置いた。

未羽は皿の上を見る。

切り分けられた林檎飴は、太いフライドポテトのような半月形になっている。皮の部分にコーティングされた飴の層があった。

「これやと飴と実、両方口に入るやろ？　かじってまうと、最初飴ばっかりになるからな」

未羽もぼんやり感覚を思い出す。

「だね。途中から林檎だけになって、バランス悪かった」

「せやから、こっちの方がええねん」

「なるほど」

未羽はフォークで林檎を刺す。

切り口をみつめると、にじむ果汁で艶やかに光っていた。

「いただきます」

言って、全部を口に入れる。

バキバキ、じゅわっ。

「んんっ、硬い。久しぶりに硬いもの食べたって感じのクランチー。林檎はすごくいい林檎。噛《か》むと口いっぱいに潤《うるお》って、甘酸《あまず》っぱい。そこに飴の駄菓子っぽい甘さと匂《にお》いが混じってきて、不思議な感じ……これは……そうだ、子供と思春期のはざまの時代。小学五年生の味だね」

「さすが」

漣が褒めてきた。

質がいいことはわかったが、やはり林檎飴は林檎飴。未羽も穏やかな調子になった。

「小学五年の味かぁ」

漣がつぶやきながら上を向く。

「僕個人で言うと、小二の味やな」

そのまなざしが、具体的な何かを思い出しているふうだった。

「なんで？」

「葵さんとの思い出がな、あって」

とたん、未羽のテンションはぎゅんっと上がる。

「どんな？」

ちゅ～るを目にした猫のごとき輝きを人の理性で包み隠し、尋ねる。

すると漣が、苦笑というにはやや深みの過ぎる表情を浮かべた。

「葵さんをビンタしてもうてん」

「えっ」

「アメリカで」

「アメリカで⁉」

「役員の家族集めてワシントンの桜祭りに行ったことがあってな」

「ワシントンの桜祭り……？」

「日本が桜の木贈ったって話、聞いたことない？」

「……あるような」

「パレードとかやる、おっきいお祭が毎年あんねん。で、親たちが向こうの人と大人の用事してる間、僕ら子供は祭を見にいくことになってんけど……」

　漣が言葉を選ぶふうに間を置く。

「葵さんが難儀な子でなぁ。団体行動したがらんくて、みんななんもできんくなって、グダグダになってもうたんや」

　――ああ、そういう子いたよね。

「でも葵さんはグループ親会社のお姫様やから」

　ここで未羽は、ようやく二人の関係を捉《とら》えた。

　グループ親会社の令嬢と、子会社の社長の息子――そういうつながりなのだ。

「引率の大人はもちろん、僕らもその上下は子供なりにわかってるからなんも言えへん。でも僕は内心めっちゃイライラしてた」

「漣くんが？」

　イライラするイメージがない。

「こう見えて『ちゃんとせなあかんやん！』っていう真面目《まじめ》君やから。勝手やってみんな困らせてんのが許せんかったっていうか」

　颯人が林檎を頬ばりながら漣を見ている。

　言われてみれば、たしかに漣はまわりのことを気にして考えるタイプだろう。根は真面目君という部分も違和感ない。

「でな、ついに我慢できんくなって、葵さんに言うたんや。みんな困ってるやんって」

子供とはいえ思いきった。

「……そしたら？」

「『ハ？』って感じでめっちゃ睨《にら》まれたわ。そんな不機嫌なる？　みたいな。引率のおじさん慌《あわ》ててな。愛想笑いで必死に葵さんなだめて『そこでお菓子買ってきますね』って走って。いま思うと営業の人やなぁ。大変やなあ、悪いことしてもうたなぁって、子供心に見てたわ」

漣がフォークを拾い、キャンディーアップルを刺す。

「で、買ってきたんがこれや。もっと見た目が派手なやつで、子供が喜ぶ思たんやろな。でな……おじさんが差し出したそれ、葵さん、手でこうバンッ！　て叩き落としたんや」

「うわ」

「その瞬間カッとなってな……ビンタしてもうたんや」

ため息をつきながら。

「めっちゃ泣いてなぁ」

小学二年生ならば、そういうこともあるだろうなと思う。

癇癪《かんしゃく》で大人の厚意を撥《は》ねつけることも、それに義憤して手を出してしまうことも。

「それから葵さんにつきまとわれてパワハ……無茶振りされるようになったんや」

そして漣は話が終わったことを示すふうにキャンディーアップルを口にし、ほろ苦そうに噛んだ。

――ん？

未羽は引っかかりを覚える。

「つきまとわれて無茶振り？」

「せや」

漣は罰を受け入れている表情で。

「あのときの負い目もあるし、まあしゃあないわ」

すとん――と腑《ふ》に落ちた。

未羽はずっと不思議だったのだ。

葵の露骨な態度に、なぜ漣が反応していないのか。

てっきり気づいた上で流しているのかと思っていたが……そうではなかった。

きっかけとなった幼い頃の思い込み《バイアス》が、彼の視界を覆《おお》ってしまっている。

たしかに未羽も同じ状態なら、相手が自分を好きだという発想そのものがなくなってしまうかもしれない。

葵がなぜその出来事から漣を好きになったのか、そこは想像するしかない。

──もし気づいたら、どうなるんだろう？

その仮定が浮かんだ。

漣が、葵から寄せられている本当の気持ちを知ったら、どうなるだろう。

──チャンスある？

未羽は無意識に葵の側に添って考える。

少なくとも現状よりはずっと可能性が生まれるのではないか。恋愛への扉が開くのではないか。

どうしよう。どうしたらいい。

──でも。

はっと冷静になる。

自分はここに介入してはいけない。

漣に告白された身として、それはやってはいけない。もしそんなことをしたら、彼にどんな思いをさせてしまうだろう。

……けれど。

先ほどふれた、葵の不器用な想《おも》い。

漣の思い込み。

なんてもどかしいすれ違い。

末羽は全身がむず痒《がゆ》くなる。なんとか、なんとかならないものか――。

「あら、そこにいたのね大広！」

タイミングよく、後ろから彼女の声が聞こえた。

――自分は中立、自分は中立……。

念じながら葵に振り向く。これからここで始まる二人のやりとりに介入しない。自分は自然保護観察官になる。

そして末羽は――頭が真っ白になった。

葵がメンズを侍《はべ》らせていた。

「パーティー楽しんでいるかしら？」

有名ではないだろうが明らかにモデルや俳優らしき洒脱《しゃだつ》なイケメンたちに、自分を囲ませていた。

「私はそろそろ切り上げたかったんだけど、みんなにみつかっちゃって」

「何言ってるんですか、葵様ー！」

「夜はまだまだこれからですって」

「俺、全力で楽しませるんで！」

「おー言ったー！」

「フゥー！」

嘘のような媚《こ》びこびで葵を姫扱いし、隣のメンズがドリンクを差し出す。

葵は受け取りながら、そのメンズとしとやかに視線を交わす。それから、漣を見た。

どうだ、とひけらかす、歪《ゆが》んだ輝きがあった。

未羽はそこに込められた感情を正しく読み取る。

私ってこんないい男たちにモテるのよ。もしかしたら誰かと付き合っちゃうかもね。見てのとおりあなたのことなんて全然眼中にないの。ねえ傷ついた？　どうせあなたは私のことなんとも思ってないんでしょ？　だったらちょっとでも傷つきなさいよ。私のことを気にしなさいよ。壊れるかもしれないけどそれも気持ちいいじゃない。他にどうしようもないのよ。私は——

「って、なにやってんだああ!!」

未羽は、キレた。

葵の腕をつかみ、混雑する会場を舞台の演出のごとく突っ切っていき、通路の奥まで出て、

バンッ!!

葵に壁ドンした。

「あんなんダメだよ!!」

　壁に追いつめられた葵が、ビクッと怯《おび》える。

「……え？」

「逆効果だって、自分でわかってるでしょ!?」

　未羽の言わんとすることを悟った彼女の表情がみるみるとグラデーションを変える。怯えたそれから――いつもの強気《ツンデレ》に。

「な、なんのこと」

　キッと未羽をにらみ返す。

「私が男を連れていることが何か？　あなたがどんな妄想を抱いているのか知らないけれど、たったひとつ確実に言えることは、大広のことはまったく関係が
「うるさあああ――い!!」

　未羽はなぎ払った。

「そんなこと言ってんな!!」

「――」

　まるで、頬をぶたれた顔だった。

　葵が、瞳《ひとみ》と口を開けたまま未羽と向き合っている。

これまでの人生で自分の発言が乱暴に払いのけられたことなどなかったのだろう。信じがたい経験にただ打ちひしがれているふうだった。

その反応を見て、未羽ははっと我に返る。

――しまった。

あまりのもどかしさからの葵の暴挙に耐えきれず、爆発してしまった。

超セレブのお嬢様相手に、なんてことを。

未羽はぶわっと毛穴を開きつつ、どうにかフォローしようと何か言葉にしようとする。

そのとき、漣と颯人が駆けつけてきた。

「ど、どないしたん？」

パーティー終了を報《しら》せるアナウンスが、会場から洩《も》れ聞こえた。


風呂《ふろ》上がり、鏡台の前で肌の手入れをしつつ、未羽はパーティーを悔いる。

「やっちゃったなぁ」

ひとりごとを言ってしまう。

と、置いていたスマホが震えた。漣からの電話だった。

『いま大丈夫？』

「うん」

『ごめんな遅くに。今日はお疲れさん』

「ううん。――あの」

『いきなりやけど――』

「え、なに？」

『未羽ちゃん、なんか言おうとしてたやろ？　そっち先で』

「……ありがと。ええと……葵さん、あのあと、どんな感じだった？」

漣がふいに沈黙する。

未羽は怖くなる。

『まさしくその葵さんのことなんやけど』

心臓がきゅっと縮む。

『未羽ちゃんのケータイ番号教えてほしいって言ってんねん』

「……なんで？」

戸惑いと、想像以上に深刻になったのではないかという焦《あせ》り。

『そこまでは』

彼も戸惑っているようだった。同時に、未羽の態度も察したらしく、

『もし嫌なんやったら、僕からなんとか――』

「だ、大丈夫っ。教えてくれていいよ」

ということにした。逃げてはいけないと思ったからだ。

「…………」

通話を終えたスマホを手に、憂鬱《ゆううつ》なため息をつく。

どんなことを言われるのだろう。

わざわざ番号を聞いたということは、それだけの強さがあるということだ。

怖い。

ストレスを感じつつ、いったんスマホを置こうとしたとき、
ブーッ
「——っ⁉」

投げ飛ばしそうになった。

画面には、０９０から始まる知らない番号。

——もうきた。

未羽は一瞬で手のひらに汗をにじませつつ、歯を噛んで覚悟を決め、電話に出た。

「……はい」

最初に聞こえてきたのは、ぎこちない咳払い。

『有村未羽さんの電話でいいかしら』

その声には意外なほどはっきりとした——緊張があった。

だから未羽は逆に、少し落ち着く。

「あ、はい。葵さん、ですよね？」

『……ええ』

「どうも……」

『…………』

てっきり、いきなり怒声か罵《ば》声《せい》を浴びせられることを想像していたのに、どうやらそういう電話ではないらしい。

ほっとしながら、未羽は次の言葉を待った。

『有村さん』

「は、はい」

『今度、一緒にどこか遊びに行かない？』

「………はい？」

虚を突かれたあまり、意味の把握に時間がかかる。次に浮かんだのは、大いなる疑問。

「……わたしと、ですか？」

『そうよ』

「……なんでですか？」

『べ、べつに』

その言葉を聞いたとき、彼女の表情が鮮明に浮かんだ。八雲のベンチと、パーティー会場で見たそれ。

『なんとなく、気が向いただけよ』

よくわからない。

よくわからないが。


どうやら、葵に気に入られてしまったらしい。

キャンディーアップル

1908年、アメリカの菓子職人ウィリアム・コルブが
作っていた商品の飴《あめ》に林檎《りんご》を漬ける「ちょっとやってみた」的な経緯で発明、
世界各地に広がった。
ちなみに、林檎の方がカボチャよりハロウィンとの縁ははるかに古い。
起源は、古代ローマ人によるケルト支配。
ケルトにあった死者と収穫の祭「サウィン」が、ローマ神話の女神ポモナの
象徴とされる林檎と結びつけられた。(諸説あり)
そのサウィンが後年、キリスト教による征服を受け、
キリスト教の祭「ハロウィン」となったのである。
林檎飴には近年いくつかの専門店ができており、たとえば
東京都新宿区の「ポムダムールトーキョー」などでお求めになれる。

quatre

イル・フロッタント

1

バイト中、自分が不安になっていることを自覚した。

颯人の姿を目に映すときの、心。

今日も彼はイートインスペースで颯爽《さっそう》と立ち回り、天衣無縫の営業《王子》スマイルで女性客たちを虜《とりこ》にしている。

付き合い始めた直後は、あれ彼氏なんだーうひゃあ、などとひそかに舞い上がっていたものだった。

けれど最近、日ごとにいやな窮屈さを覚えるようになっている。

『でもまだ、手もつないでへんやろ?』

『付き合ってるカップルに見えへんし、あちゃーって思たわ』

「有村」

「――ッ!?」

颯人の呼びかけで、はっと我に返る。

気がつくと、控え室に立っていた。

バイトが終わり、着替えも終え、鞄《かばん》を肩に帰るだけ。そこで颯人に呼び止められたという状況だった。

悶々《もんもん》と思いにふけっているうち、いつもの行動を自動的にこなしていたらしい。

びっくりだ。

「な、何？」

「何かあったのか？」

彼が聞いてくる。

「仕事中からずっと、他のことを考えていただろう」

さすがよく見ている。そのことが少し嬉《うれ》しい。

「えっと……」

けれど。

「いやあ、ぼーっとしてただけ」

末羽はついごまかして微笑《ほほえ》んでしまう。

「そうなのか」

「そうだよ」

釈然としていない颯人を、未羽はまっすぐみつめる。と、彼は目を逸《そ》らして別の話を切り出す。

「……親父《おやじ》が」

「え？」

「親父が、週末に帰ってくるんだが」

「最上くんのお父さんって、たしか海外……」

「ドバイに赴任している」

「またえらいとこに。いつぶり？」

「四ヶ月」

「超久しぶりじゃん！」

未羽は驚く。自分の親と四ヶ月会わないことなんて自分には想像できない。

「……それで……」

彼にしては珍しく歯切れが悪い。頭の後ろに手を当て、揉《も》むように動かした。照れているときの癖だと、未羽は知っている。

「……土曜の昼、空いてるか？」

『親に紹介したいってことでしょ？　いいじゃない』

未羽はベッドに寝転がりつつ、悠希と電話している。

「それはまあ、嬉しいんだけどさ」

煮え切らない未羽の返事に、やれやれというふうな溜《た》め息《いき》が返ってくる。

『男子もそういうの怖いって聞くよ』

付き合い始めてからまだ何もない。恋人らしい距離感にならない。そういったことはすでに相談ずみだ。

『もう未羽からアクション起こしたら？』

「ええ、ムリムリ！　怖いよ」

『最上くんもそうかもよ』

そうなのかな、と未羽は思う。見ている限りではわからないのだけど。

「……でもそこはさ、向こうから来てほしいじゃん」

枕《まくら》をぐずぐずといじる。

「悠希、あきれてる？」

『あきれてはないけど。私に相談してること、直接言えばいいのに』

「だよねぇ」

　わかっている。

『言わないと伝わらないんじゃない？　最上くんって繊細だけど鈍そうっていうか』

「そうそう！　まさしくそれ！」

『だから』

「……でもぉ」

『未羽ってほんと、ここに関してはヘタレになるよね』

「そうなんだよー」

　マットの上で、エビのごとく動く。

「こんな自分いやだー。わたし、こんなんだったのかー」

　真剣な交際によって、知らなかった自分と向き合わされている。不安で怖くて、いっぱいだ。変わらない状況に、こんなことも思う。

「……最上くんは、わたしと付き合ってて楽しいのかなぁ？」

『おお……』

「なに？」

『今、きゅんとした』

「悠希にされても」

『この感じが最上くんにも出せればねぇ』

悠希はつぶやき、だが、

『……まあ、難しいよね』

その声には自分を省みる実感が含まれていて、末羽のセンサーは逃さずキャッチした。

脳裏に浮かんだのは、表参道での目撃。

悠希と一緒に歩いていた、背の高い大人の男性。

彼を追う悠希のまなざしの色合い。

あれからずっと、聞けずにいたけれど。

「……ねえ悠希」

『ん？』

「先々週くらい、男の人と表参道歩いてなかった？」

スマホ越しに伝わる沈黙が肯定した。

「たまたま最上くんといてさ、こっちバタバタしてたし、その、声かけにくかったんだけど……」

『——うん。こう兄《にい》といたよ』

「こう兄？」

『いとこ』

「えっ、そうなの？」

『うん』

　とっさのごまかしには聞こえなかった。

『彼氏だと思った？』

「いやいや、えっと……」

『ふふ』

　楽しそうに笑う。

『最上くんのお父さん』

「え？」

『どんな人だろうね』

「あーそれ。ね」

『気になるよね』

「なるなる。めっちゃなる。いろんなパターン考えてるんだけどさ……想像つかないよ」

『教えてね』

「もちろん」

　そんなふうに盛り上がって、通話は終わった。

　――ん？

何か飲もうと階段を下りつつ、未羽ははたと気づく。

いとこのお兄さん。

だとしたら、あのまなざしって。

「……………」

宇宙のインフレーションのごとく脳内が羽ばたこうとしたとき、後ろから「未羽ねえ早く降りて」と妹に言われた。

2

目が覚めた瞬間、体が異常に重かった。

――あ……。

全身が微《かす》かに腫《は》れぼったい、この感覚。

額に手をあてると、明らかに熱い。

計ってみると、七度五分あった。

――なんで今日。

颯人の父親と会う、土曜日だった。

未羽はベッドに腰掛けた姿勢で体温計を置き、自分の体と話し合いをする。

幸い、咳《せき》などはない。

「――よし」

気合いを入れて立ち上がった。

七度五分なら、いける。

次はいつになるかわからない貴重な機会だ。押して参るべきと思った。

駅前はそれなりに発展していて、一応、百貨店がある。

その正面入口が待ち合わせの場所だった。

一一月に入ったこんなほどほどの天気の日は、街ゆく人の服装差がいちばん出やすい時期でもある。

完全冬用のアウターを着込む人もいれば、トレンチやパーカーくらいの人、ごくまれに半袖《はんそで》シャツで歩く男性までいてぎょっとする。

未羽はよそ行き装備のワンピとカーディガンの組み合わせに薄手のコートを羽織った格好で、百貨店へ続く雑踏を歩いている。

動いているうちに、体調はすっかり落ち着いた感じがする。

——どんな人だろう？

わくわくと緊張を覚える余裕もできた。

これからランチになるが、できるだけデザートは控えねばと自らに課す。うっかり食《そ》レポ《そう》をしかねない。

休日の午後一時。人で賑《にぎ》わう百貨店の正面入口のわきに、目立つ颯人の姿をみつけた。

同時に、隣に立つ男性の姿を捉《とら》える。

——。

意表をつかれた。

ぱっと見、ぜんぜん似ていない。

こちらに気づいた颯人に手を振り、歩み寄る。

そしてすぐ彼の父親の方へ向き、居住まいを正す。

いかつい顔立ちをした渋いおじさんだった。

背は颯人と未羽の中間くらいで、中肉中背。

目は小さく、あごが四角い。口ひげがダンディで私服のジャケットを綺麗《きれい》に着こなしている。

全体的な雰囲気で言うと、ちょっとマフィアっぽい。

「親父だ」

颯人が言う。

「は、初めまして。有村未羽です」

「初めまして。父の蔵人《くろうど》です」

蔵人さんは、姿勢よくお辞儀を返してきた。

「颯人が世話になってます」

にこっと笑顔を浮かべた。

——あ、モテそう。

直感した。笑ったとたん、いかつい顔が柔和で色気のあるものになる。このギャップはくるものがある。

「これ、ドバイの土産」

蔵人さんがスイーツらしき小さな紙袋を差し出した。見たことのないロゴだ。

「職場の子に聞いたからおじさんわかんないけど、美味《おい》しいって言ってたよ」

未羽は一瞬で想像する。きっと彼のまわりにはオシャレやスイーツに強い大人女子がたくさんいる。だからこれは間違いなくいいものだ。たぶん日本未上陸で、もしかしたらドバイ限定なんてことも……。

「ありがとうございます！」

「いい顔するねえ」

言われて、頬を押さえる。

「わたし、お菓子大好きで」

「だってね。だからこいつ、ケーキで告ったんだろ？」

「——そろそろ行こう」

颯人がしかめ面《つら》で入口に向かう。

「おーおー照れてる」

冷やかし、こちらに目配せして歩きだす。

仲が良さそうだな、と思った。

「飯食いながら聞かせてよ」

「は、はい」

入口わきのショーウインドウは、早くもクリスマスのディスプレイに変わっている。自動ドアを抜けると、ぬるい暖房と化粧品の香りが迎えた。

未羽は蔵人さんの横顔をみつめる。

最初はまったく似ていないと思ったけれど、よくよく見ると全体に颯人の元になった面影があった。たしかに親子だ。

と、彼が視線に気づいて振り向く。茶目っ気のある表情で、

「ジョニー・デップかと思った？」

「それは思わないです」

豪快に笑う。

「いい子じゃないか」

前を歩く息子の肩を叩《たた》いた。

無視する颯人の背中が、なんだか普通の男子という感じがして新鮮だった。

3

「小さい頃の颯人は、手のかかる子でね」

「あーわかります。絶対そうですよね」

蔵人さんが爆笑する。

隣の颯人からは、苦虫をかみつぶしたような気配が伝わってくる。

八階のイタリアンでカプチーノを飲む頃には、未羽と蔵人さんは完全に打ち解け、颯人をいじる二対一の構図ができあがっていた。

「赤ん坊のときからすぐ泣くし、なかなか寝ないし、神経質でね」

「うわー想像つくなぁー」

颯人がこちらを睨《にら》んでいる。「あとで覚えてろよ」の目で。しかし未羽は完全スルーである。

「未羽ちゃんはそういうのなさそうだね」

「まあ、そうですね」

へへ、と答える。

「どんな赤ちゃんだったか聞いてる？」

「寝てるか、ニコニコしてる感じだったそうです」

「いいね。かわいい」

「ただ……」

「ただ？」

「離乳食にはうるさかったみたいです」

　ぷっ。颯人が吹き出す。

「グルメだったんだねえ」

「そうです、そうです」

　彼の嘲笑《ちょうしょう》を数の力で抑え込む。ふふん、と未羽は思う。

「でさ、未羽ちゃん」

　蔵人さんがエスプレッソをひと口飲んで、話を変える。

「颯人はどうなのよ」

「どうって？」

「彼氏としてちゃんとやれてんの？」

　颯人が咳をした。

「父親が言うのもなんだけど、こいつそういうの下手そうじゃない」

「…………」

未羽は言葉に詰まってしまう。

ちらりと颯人をうかがうと、彼は何も感じさせまいとするかのような無表情。あるいは、答えを待っているような。

「いい機会だから言っちゃいなよ」

蔵人さんが茶目っ気のある表情で勧めてくる。たぶん第三者である自分が入っていることで、颯人に直接言えないことを引き出そうとしてくれているのだと思う。

けれど。

「いえ、大丈夫ですよ」

未羽はへにゃりと笑う。

「ほんとに？」

聞き直され、ちょっと鼓動が早くなるのを感じつつ、

「はい、ほら、なにしろ……『アプリコットのタルト』なんで」

蔵人さんが、いい返しをもらったとのけぞる。

「なるほど！　『アプリコットのタルト』」

颯人が耳まで赤くなっている。告白に使ったケーキを連呼されるのはものすごく恥ずかしいようだ。

「アプリコットのタルト」

がたっ、と颯人が立ち上がる。

眉間《みけん》に深い縦じわを寄せつつ、そのままトイレに向かっていった。

「まあ、恥ずかしいわな」

蔵人さんが苦笑いし、

「格好いいと思うけどね」

と結ぶ。

店内には、埋まったテーブルのざわめきと食器の立てる音が穏やかに満ちている。休日の空気だ。

窓は暖かい。空に綺麗な鱗雲《うろこぐも》が浮かび、やわらかな光と影を見せていた。

「手のかかる、落ち着きのない子だったんだが」

蔵人さんが息子の去ったあとに目を置きながら、

「ケーキと出会ってから、がらっと変わったんだよ」

懐《なつ》かしげな親の表情を浮かべた。

「ひたすら打ち込むようになってね、泣きもわめきもしなくなった。そのうち毎日お菓子作るようになったから、それはそれでやっかいだったけどね」

「食べきれないですか」

「それもあるし、小麦粉、砂糖、卵あたりがすぐなくなるからね。台所もごちゃごちゃするし、まあ……大変そうだったよ」

その言葉《ことば》尻《じり》からふいに、離婚した颯人の母親の存在が浮かびあがる。

未羽はどうしようかと迷ったけれど……結局、踏み込まなかった。

蔵人さんはその葛藤《かっとう》を見て取ったかもしれない。だが、そこについて何か言うことはなかった。

「まさか自分の息子が世界一のパティシエを目指すなんてねぇ」

ちょっと大げさに首を振った。

「しかも全国コンクールで優勝したんだろう」

「はい」

「いやあ。ほんとたいしたもんだよ。おじさんそういうガッとしたものがないまま大人になったから、応援してるんだ」

冷めたエスプレッソの最後のひと口を美味しそうに飲んだ。

未羽は自分の膝《ひざ》に視線を落とす。颯人といると意識させられることがある。

「やっぱり、そういうのあった方がいいですよね」

今の自分には、特にないと。

あと五ヶ月で高校三年だ。ちらつく未来の影が濃くなってきた。

「夢ってこと？」

蔵人さんが正しく汲《く》み取る。きっと仕事ができる人なのだろうと感じる。

「ですね」

「どうだろうね」

「え？」

「さっき言っといてなんだけど、みんなが全員、あいつみたいだといやじゃない？」

未羽は店内を視界に映しながら、ここにいる全員が颯人だという想像をしてみた。

「うわあ」

「出てる出てる」

蔵人さんが笑う。

「ある人はあるで、なくてもぜんぜん気にしなくていいと思うけどね」

そういうものだろうか。

未羽は少し考え、

「……自分らしく、ですか？」

「今の子、それよく言うよね」

なんともいえない表情を浮かべた。

「違い、ますか」

なんだろう、青春っぽい話してる。と未羽は客観的に思う。

蔵人さんは腕を組んで、うーんと唸《うな》る。

「自分らしさって、そんなに自分でわかるもんかね。どう？」

わかる？　というふうに見てくる。

「………」

たしかに具体的にどうとはとっさに出てこない。そういえば履歴書を書くときも手が止まった覚えがある。

「意外と誰かに言われて気づくとかさ。――あっ、ほら」

蔵人さんが指さしてくる。

「『アプリコット』だよ」

未羽は反射的に笑う。

けれど同時に、ああそうかと腑《ふ》に落ちた気がした。

彼が自分をアプリコットに喩《たと》えたことの意外さ。ケーキに込めて語ってくれたひとつひとつの言葉を思い出す。

そういうものなのかもしれない。


握手したとき、親指の形が颯人と同じだと気づいた。

「未羽ちゃん、今日はありがとう」

「こちらこそ、楽しかったです」

駅の入口で蔵人さんと別れの挨拶《あいさつ》。このあと友人と飲みに行くのだという。まだ昼間だが、それがいいらしい。

「手、やたら熱くないか？」

「え、いや、いつもこんな感じだと思います」

ごまかしつつ、手を離す。

「でも本当に、未羽ちゃんはいい子だね」

つぶやき、目尻に柔和な皺《しわ》を寄せる。なんとも色気のあるおじさんの顔だ。

「颯人のこと、よろしくね」

「はい」

未羽はうなずく。

「おい、この子絶対モテるから、油断してると取られるぞ」

息子の背中をぱんっと叩く。

颯人は苦さと恥ずかしさの混じった表情で、

「早く行けよ」

蔵人さんはにやけつつ、入口の方を向く。

「じゃあ」

手を挙げ、軽妙な足どりで歩いていった。

「……行くか」

「うん」

彼についていこうとしたとき、ふらっ――と、ふらつく。

――やば。

体の重さがうまく感じられない。吐く息の熱さがわかる。ほんのさっきまで、なんともなかったのに。

どうしよう。

颯人がこちらを見てきた。

「……いいお父さん、だよね？」

とりあえず、会話していた。

颯人が無意識に首の後ろに手をやる。

「でも何ヶ月かに一回しか会わなくて、ほんとに大丈夫なの？」

「男二人だと、これくらい離れてるのがちょうどよかったりするんだ」

「そういうもんなの？」

「むしろ俺は、お前の家の方がカルチャーショックだった」

「ああ……」

「……悪い意味ではなく」

「わかってるよ」

お互い、あまりに自分の家とかけ離れていてびっくりしたというわけだ。色々な家があると知識にはあっても、いざこうして目《ま》の当《あ》たりにすると、自分の現実が広がった感覚を持つ。

――いろいろあるんだなぁ……。

………、………

……

いきなり、額に手の感触。

あ、と思うまもなく、屈《かが》んだ颯人の顔がすぐ目の前に。

彼の表情が一瞬動揺を浮かべ、こわばる。鼻から短く息を吸う音がした。

あてられた手のひらを通じて、未羽は額がいかに熱くなっていたかを自覚した。

それが、とどめになった。

4

タクシーに揺られながら、頭がぼぅっとしている。

それは熱だったり車の振動もあるけれど、一番の理由は——

「大丈夫か？」

彼がやさしい。

いつものクールな無愛想さはなりを潜め、病人を看《み》るやわらかく真摯《しんし》な態度で接してくる。

「飲むか？」

コンビニで買ったビタミンウォーターをかいがいしく差し出す。

熱が発覚してから、彼の行動は迅速だった。

末羽の親に連絡し、コンビニで買い、タクシーを拾った。

乗車するとき丁寧に背中を支えて、ゆっくり冷えピタを貼《は》ってくれた。

「うん……」

末羽はペットボトルを受け取ろうする。と、彼が両手で包みこむように支えて、キャップを開けてくれた。

——そこまでしなくていいのに。

くすぐったさに、笑いそうになる。

未羽が口をつけて飲むさまを、片時も離さないというまなざしでみつめている。

こうして気にかけてお世話してくれるのが、とろけるように心地いい。

——めっちゃ心配してくれるじゃん……。

大切にされている感じがして、嬉しかった。

一〇分ほどして、タクシーが家に着く。

門の前に、父と母が待っていた。

未羽にとってはなにげないこと。でも、それを見た颯人は、はっとしたような表情になっていた。

タクシー代は、母の秋穂が払った。

「すみません」

先に降りた颯人がお辞儀する。

「なに言ってるの颯人くん。送ってくれてありがとう」

「いえ、こんなときに連れ出してしまって……」

未羽もぼやけた体を動かして降りようとした。と、彼が素早く屈んで、未羽を補助すべく両腕を差し伸べる。

「大丈夫か」

「……ん」

たぶん支えがなくても車を降りるくらいはできたが、未羽はもうすっかり甘えたいモードになっていた。

彼に身を寄せ、肩によりかかり、たくましく引かれる。

「立つぞ」

「うん……」

刹那《せつな》、颯人の動きが止まった。振り仰ぎ、あわてたふうに体を離す。

その視線の先には、未羽の父親がいた。

「すみません……」

恐縮し、譲るように体を引く。

「あの、お願いします」

すると、父が「いやあ……」と遠慮を含んだ苦笑いを浮かべた。家の中では見たことのない顔だった。

「最上くんの方がいいだろうから」

今、何かの瞬間が過ぎた。

あわただしいやりとりに混じって流れていってしまう、ふれたら消える光の玉のようなものが——未羽の熱にうだった視界に明滅した。

階段を上る彼の背中は、まったく危なげない。

未羽をおぶりながら一段一段上っていく体幹が大木のように揺るぎなく、とても安心感がある。いつもパティシエとしての重労働をこなしている強靭《きょうじん》さが伝わってきた。

一応後ろから両親が続いているが、万一のことはけっして起こらないだろう。

ドアを開け、部屋に。

片付けたばかりでよかったと安堵《あんど》しつつ未羽が背中から降りようとすると、彼がするりと体を入れ替え、未羽の肩と膝の裏に腕を差し入れ、そのまま——抱き上げた。

浮遊感。

自分がお姫様だっこをされているのだとわかった。

「うほっ」

秋穂が「うほっ」と言った。もしここに姉と妹がいたなら、一生の話のネタになっていただろう。

日常にない重心のかかり方に太ももの裏がもぞもぞしつつ、なんともいえない解放感と、庇護《ひご》されている心地よさがある。

――これはみんな憧《あこが》れるだけある……。

そのまま羽毛のようにベッドに沈む。

布団《ふとん》をかけられた。

気持ちいい。

「じゃあ……大事にな」

颯人は言って、両親に会釈《えしゃく》する。

「では、失礼します」

以前から彼は、未羽の家族に対してやわらかく丁寧だ。それは単なるよそゆきの顔だと思っていたのだけど、今日を通じたあとに見ると、何か別のものがあるように感じられてくる。

彼が去り際《ぎわ》の気配を纏《まと》った。

ふいに未羽は、これまでにない寂しさを覚える。

「……そうだ」

彼が忘れていたというふうに上着のポケットに手を入れる。そして、

「これ」

一冊の文庫本を取り出した。

「え？」

「貸すって約束だっただろ」

　思い出す。けっこう前のＬＩＮＥだ。

「……覚えてたんだ」

「当然だ」

　文庫本を受け取る。かなりぶ厚い。

「『オチでびっくりする話』ということで色々悩んだが、これにした。ＳＦの短編集だ」

　タイトルは『あなたの人生の物語』。

「その表題になっているやつを読んでほしい」

「どんな話？」

「女性の言語学者が、宇宙人とファーストコンタクトをする話だ。宇宙人の言葉を解読しながらコミュニケーションしていく」

「面白そう」

「一番の見所は、本文全体が文章でしか表現できない構造のトリックになっているところだ。読み終えたときに、題材を含めた全体のまとまりの美しさに驚かされる」

「すごい。めっちゃ読みたくなった」

　何よりも、彼の語る温度から本が好きだということが伝わってきて、製菓以外にもそういう熱があるのだと見れたのが未羽にとって喜びだった。

「……なんだ？」

「ううん……」

「――じ、じゃあウチらは行こうかっ」

秋穂が「もう食べきれない」という顔で、父をぐいぐいドアの外へ押していく。

「ごゆっくり」

ぱたん、と閉じた。

未羽と颯人はそのあとをみつめ、互いに顔を合わせ、それから……微妙な間に困る。

「……俺がいたら落ち着かないだろ」

「そんなことないよ」

いつもの未羽なら呼吸を合わせて、彼の帰宅を促していたかもしれない。

颯人は頭をかいたあと、イスを引き寄せ、腰を下ろす。いるべきかどうか迷っていることが伝わってきた。

「用事ある？」

「いや」

「じゃあさ……もうちょっといてよ」

熱が、普段よりも心をか弱くさせていた。

それは素直になる、ということでもある。

颯人は意外そうに一瞬動きを止めたあと、ゆっくりイスに重心を沈めていく。

「わかった」

「最上くんなら、誰かいたら落ち着けないんでしょ」

「……ああ」

「だよね」

くすくす笑う。

「そうじゃない人もさあ……いるんだよ」

自分の声がどこか離れて感じる。本格的に熱が上がり、ぼんやりしてきていた。

颯人は言われたことを考えているよう。そういうものなのか、とやたら真剣に。

かわいいと思う。

好き、という気持ちが湧《わ》く。

それは等しいだけの不安を呼ぶ。

ずっと抱えていたものが、低くなった心の壁から流れ出る。

「……わたしと付き合ってて楽しい？」

彼が目を瞬《しばた》かせる。急に知らない言葉で話しかけられたような反応だった。

窓の下で、夕刊を配るバイクの音が過ぎる。

「最近ちょっと……自信ないよ」

「……なぜ」

彼の声が珍しくつっかえた。ものすごく動揺している。

それを見ただけで、未羽はだいぶ安心した。だからこそ、素直にぶつけようと思う。

「だって……何もしないじゃん」

口にしたとたん、感冒とは違う部分が恥ずかしさで熱くなる。でもそのまま、自棄《やけ》のような勢いで駆け抜けた。

「手をつないだりとか、そういうの、しないじゃんっ」

速攻で毛布をかぶった。

――ああ何言ってんだ。

――もっと他にあったじゃん。

――何もしないって、なんかエッチなこと期待してるとか思われたらどうしよう。

消えたくなるような暗がりの中、聞き慣れたイスの軋《きし》み。彼が立ち上がった。近づいてくる。

――え？　え……？

毛布をつかむ未羽の手に、乾いた指の感触。

電流のような衝撃だが、同時に微動だにできない。

心臓が痛いくらい膨らむ。耳がじんじんして、息が苦しくて、このまま死んでしまうのではないかと思う。

彼の指に手を絡《から》め取られ——握られた。

とたん、限界だった胸の鼓動がしだいに落ち着いていく。そういう繋《つな》ぎ方だったからだ。

純粋な熱さと、力強さ。

そして、顔を覆《おお》っていた毛布をめくられる。

みつめる彼がそこにいて、いつにない、不安な少年の表情をしていた。

彼が何かを言いかけ、一度ためらって口を閉ざし、唇を引き締め、

「怖かったんだ」

恥の苦さに目許《めもと》を引きつらせて言う。

「もし引かれたらと、怖くて、できなかった」

「引いたりなんか……」

彼はうなずく。

未羽の中には欠片《かけら》もないことだった。でも彼にそれはわからない。未羽だって同じだ。

「お互い様だね」

繋いだ手を、軽く揺らす。

「わたしも、ずっと言えなかった。やっぱりあれだね。ちゃんと言葉で伝えなきゃだめ

だね」

颯人の瞳《ひとみ》の光が、星のように動いた気がした。

「有村」

「ん？」

「野球観《み》に行ったとき」

「うん」

「代打の選手が打てるよう手を合わせて祈っていた姿が、かわいかった」

「！　ちょっ」

「表参道を歩いていたとき『バカにしないで頂きたい』って胸をそらした仕草が、ぐっときた」

「……そ、そこ？」

実践が早すぎないかと戸惑いつつも、照れてしまう。

「ああ」

彼はもう、そうすると決めたときのいつものアクセルで突き進んでくる。

そうなのだ。こういう人なのだ。

「俺のためにティラミスを作ってくれたときからだ。お前の冗談っぽくした言い方とか仕草とか、一瞬の横顔に惹《ひ》かれてきた。だから今、こうして付き合えていることが本当に、嬉《うれ》しい」

最後のくだりに、目の奥がじんと熱くさせられる。

言われたような自分のよさはまったくぴんとこないけれど、彼がそんなふうに感じてくれているのなら、よかったと思った。

颯人の指に力がこもる。ふれあう皮膚の温度と湿度で、彼の心臓の高鳴りが伝わってくるよう。

ひたむきに未羽を映し、再び、今度こそけっして揺るぎようのないように告げてくる。

「お前が好きだ」


満たされる。


幸福感がいっぱいに広がる。言葉の力が心の中で大きな形として感じられる。

息を吸ったとき、鼻がすぴ、と鳴ってしまった。

「……っ！」

未羽は口許を覆い、そっぽを向く。

「………最悪………」

トラウマ級の恥に悶《もだ》えていると、耳のあたりに彼の手があてがわれた。

そっと振り向くと、彼は笑ったりしておらず、深い面持ちでみつめている。

いとおしむまなざしで。

つながった。

彼の手のひらがやさしく滑り、火照《ほて》った頬を包んでくる。

彼はそんな自分の動きにちょっと戸惑う色を浮かべたけれど、それもほんの一瞬で、どうすべきかわかったふうに未羽へ注ぐいとおしみに熱を持たせる。

それを見届けたあと、未羽は静かにまぶたを閉じた。

他人の唇とふれあうやわらかさに、跳ねるほどの驚きが走る。

砂糖でもクリームでもない甘さ。

毛布の柔軟剤の匂《にお》いがかすめた。

Épilogue

何を作っているのか当てるゲームをしていた。

未羽は一人ベッドの中で、のぼってくる微《かす》かな甘い匂《にお》いに鼻をひくつかせている。

あのあと、彼との間にはずっとこのまま永遠に過ごしていられるのではないかと思うほどの、うっとり痺《しび》れる親密な静けさが流れた。

それは帰宅してきた翼の「ただいまー、えっ！　颯人さん来てる⁉」という玄関からの大声で破れてしまったけれど、颯人が帰る前に何かしてほしいことはあるかと聞いてきた。

だから未羽はお願いした。甘いものが少し食べたいと。

——カスタードだな。

まろみのあるバニラ香に、未羽は当たりをつけた。

それとともに、秋穂や翼の楽しそうな話し声が届いてくる。

病人の寂しさを覚えて、未羽は寝返りを打つ。

でもやっぱりすぐに浮かんでくるのは、ぽかぽかとしたにやけ笑いだ。

幸福感の余熱を抱えるように、未羽は布団《ふとん》の中で背を丸めた。

――カラメル。

砂糖の焦《こ》げる匂い。


「できたぞ」

彼が皿を持って部屋に入ってきた。

だが、なんということだろう。

未羽はそのお菓子の正体をたしかめるより先に、戻ってきた彼の存在で頭がいっぱいになった。そのわずかな時間、甘いものを意識しなかったのである。

颯人が眩《まぶ》しいものに遇《あ》ったように立ち止まった。自分はいったいどんな表情や目で彼を迎えたのだろう。

気を取り直した彼が入ってきて、イスに座る。

皿に載っているのは、雲のようにふわふわとした白いもの。

それが黄色いカスタードクリームに浮き、カラメルソースがかけられている。

「……プリン？」

「いや」

彼が、まずは食べてみろというふうに皿を差し出してくる。

未羽はちょっといたずら心がわく。

「ねえ、食べさせてよ？」

そんなことが言えるようになった。

颯人の反応もこれまでとは違う。かつてなら冷たく睨《にら》んだり眉間《みけん》にしわを寄せたりしただろう。

けれど今は、まんざらでもないような沈黙を置く。

病人ということも後押ししただろう。

やがて、照れ隠しの仏頂面《ぶっちょうづら》でスプーンを手にし、卵のお菓子を掬《すく》った。

未羽はそれを上機嫌にみつめる。

ふと思う。

今の自分たちの距離感は、まわりからどう映るだろう。

たぶん、きっと、恋人のものだと思ってくれる。

「ほら」

「えへへ。ありがと」

未羽はあーん、と口を開く。

颯人はむず痒《がゆ》そうな面持ちで、まだ名前も知らないお菓子を食べさせてくれた。

イル・フロッタント

直訳すると「浮島」。

ふわふわに茹《ゆ》でたメレンゲをカスタードクリームに載せた

卵×卵のスイーツ。

フランスのビストロやカフェではそれなりの定番だが、日本では

まだあまり知られていない。

卵、牛乳、砂糖（＋バニラエッセンス）という、たいていのご家庭に

あるもので作れる上、黄身も卵白も使うので食品ロスも発生しないのが魅力。

颯人はそこを踏まえつつ、未羽の体調も考慮して、

やさしい味と食感のこれを作ったのだろう。

ぎこちない時期を乗り越え、本当の恋人の距離になった二人。

彼らの夢と未来に向け、物語はあと少しだけ続く。

【章末ケーキイラスト】
中原薫

本書は新潮文庫のために書き下ろされた。

七月隆文著
ケーキ王子の名推理《スペシャリテ》
ドSのパティシエ男子&ケーキ大好き失恋女子が、他人の恋やトラブルもお菓子の知識で鮮やか解決！　胸きゅん青春スペシャリテ。

七月隆文著
ケーキ王子の名推理《スペシャリテ》2
未羽は愛するケーキのお店でアルバイト開始。そこにオーナーの過去を知る謎の美女が現れて……。大ヒット胸きゅん小説待望の第2弾。

七月隆文著
ケーキ王子の名推理《スペシャリテ》3
修学旅行にパティシエ全国大会。ライバル登場で恋が動き出す予感!?　ケーキを愛する高校生たちの甘く熱い青春スペシャリテ第3弾。

七月隆文著
ケーキ王子の名推理《スペシャリテ》4
パリ旅行に文化祭――そして、ついに告白!?　夢に恋に悩むとき、甘〜いケーキは救世主。世界に一つだけの青春スペシャリテ第4弾。

佐野徹夜著
さよなら世界の終わり
僕は死にかけると未来を見ることができる。生きづらさを抱えるすべての人へ。『君は月夜に光り輝く』著者による燦めく青春の物語。

葵　遼太著
処女のまま死ぬやつなんていない、みんな世の中にやられちまうからな
彼女は死んだ。でも――。とある理由で留年し、居場所がないはずの高校で、僕の毎日が変わっていく。切なさが沁みる最旬青春小説。

古野まほろ著

オニキス

—公爵令嬢刑事　西有栖宮綾子—

皇室と英王室の血をひく監察官・西有栖宮《にしありすのみや》綾子が警察組織の不祥事を有り余る財力《カネ》と権力《チカラ》で解決！　全く新しい警察ミステリ、開幕。

小島秀夫原作
野島一人著

デス・ストランディング（上・下）

デス・ストランディングによって分断された世界の未来は、たった一人に託された。ゲーム『DEATH STRANDING』完全ノベライズ！

浅生　鴨　著

二・二六

—HUMAN LOST　人間失格—

全ては百年前、「二・二六」事件から始まった。SFアニメ『HUMAN LOST 人間失格』の過去を浅生鴨が創案する。

冲方　丁　ストーリー原案
葵　遼太　著

HUMAN LOST 人間失格 ノベライズ

昭和111年、日本は医療革命で死を克服した。理想の無病長寿社会に、葉藏は何を見る？『人間失格』原案のSFアニメ、ノベライズ。

三田千恵著

太陽のシズク

～大好きな君との最低で最高の12ヶ月～

「宝石病」を患う理奈と、受験を頑張る翔太。ラストで物語が鮮やかに一変する。読後、必ず読み返したくなる「泣ける」恋と青春の物語。

堀川アサコ著

おもてなし時空カフェ

～桜井千鶴のお客様相談ノート～

時間旅行者が経営する犬カフェへ出向した桜井千鶴。彼女のドタバタな日常へ、闇ルートの違法時間旅行者の魔の手が迫りつつあった！

彩藤アザミ著

謎が解けたら、ごきげんよう

晴れた日にずぶ濡れの傘、無人の懺悔室に響く声、見世物小屋での誘拐騒ぎ……。乙女の心を騒がす謎を解く、女学生探偵団登場！

月原 渉著

犬神館の殺人

その館では、密室の最奥で死体が凍る――。氷結した女が発見されたのは、戦慄の犬神館。ギロチン仕掛け、三重の封印、消えた犯人。

吉川トリコ著

ベルサイユのゆり
―マリー・アントワネットの花籠―

女の敵は女？　それ百万回聞いたけどな？　大反響を呼んだ『マリー・アントワネットの日記』待望の新作は究極の百合文学！

詠坂雄二著

人ノ町

旅人は彷徨《さまよ》い続ける。文明が衰退し、崩れ行く世界を。彼女は何者か、この世界の「禁忌」とは。注目の鬼才による異形のミステリ。

河端ジュン一著

顔のない天才　文豪とアルケミスト ノベライズ
―case 芥川龍之介―

自著『地獄変』へ潜書することになった芥川龍之介に突きつけられた己の〝罪〟とは。「文豪とアルケミスト」公式ノベライズ第一弾。

中西 鼎著

東京湾の向こうにある世界は、すべて造り物だと思う

文化祭の朝、軽音部の部室で殺された彼女が、五年後ふたたび僕の前に現れた。大人になりきれないすべての人に贈る、恋と青春の物語。

小林泰三著

神獣の都

—京都四神異譚録—

京都の裏側で神獣の眷属として生きる者達は、異能を駆使して未曾有の災害から人々を守り切れるか。空前絶後の異能力ファンタジー。

福田和代著

BUG 広域警察極秘捜査班

冤罪で死刑判決を受けた天才ハッカーは今、超域的犯罪捜査機構・広域警察の極秘捜査班〈BUG〉となり、自らを陥れた巨悪に挑む！

七河迦南著

夢と魔法の国のリドル

楽しい遊園地デートは魔王退治と密室殺人の謎解きに？　パズルと魔法の秘密を暴き、二人は再会できるのか。異色の新感覚ミステリ。

藤石波矢著

流星の下で、君は二度死ぬ

女子高生のみちるは、校舎屋上で〝殺される〟予知夢を見た。「助けたい、君を」後悔と痛みを乗り越え前を向く、学園青春ミステリ。

三川みり著

君と読む場所

君が笑顔になったら嬉しい——勇気を出して手渡す本から「友だち」が始まる。一冊の本が、人との出会いを繋ぐビブリオ青春小説。

武田綾乃著

君と漕ぐ

—ながとろ高校カヌー部—

初心者の舞奈、体格と実力を備えた恵梨香、上位を目指す希衣、掛け持ちの千帆。カヌー部女子の奮闘を爽やかに描く青春部活小説。

白河三兎著

田嶋春にはなりたくない

キャンパスの日常の謎を、超人的な観察眼で鮮やかに解き明かす田嶋春に、翻弄され、笑わされ、そして泣かされる青春ミステリー。

神西亜樹著

東京タワー・レストラン

目覚めるとそこは一五〇年後の東京タワーで、料理文化は崩壊していた！　シェフとして働く「現代青年」と未来人による心温まる物語。

柾木政宗著

朝比奈うさぎの謎解き錬愛術

偏狂ストーカー美少女が残念イケメン探偵への愛の〝ついで〟に殺人事件の謎を解く!?　期待の新鋭による新感覚ラブコメ本格ミステリ。

彩藤アザミ著

昭和少女探偵團

この謎は、我ら少女探偵團が解き明かしてみせませう！　和洋折衷文化が花開く昭和6年の女学校を舞台に、乙女達が日常の謎に挑む。

清水　朔著

奇譚蒐集録

―弔い少女の鎮魂歌―

死者の四肢の骨を抜く奇怪な葬送儀礼。少女たちに現れる呪いの痣《あざ》の正体とは。沖縄の離島に秘められた謎を読み解く民俗学ミステリ。

堀内公太郎著

スクールカースト殺人同窓会

イジメ殺したはずの同級生から届いた同窓会案内が男女七人を恐怖のどん底へたたき落とす。緊迫のリベンジ・マーダー・サスペンス！

王城夕紀著

青の数学

雪の日に出会った少女は、数学オリンピックを制した天才だった。数学に高校生活を賭す少年少女たちを描く、熱く切ない青春長編。

月原渉著

首無館の殺人

その館では、首のない死体が首を抱く――。斜陽の商家で起きる連続首無事件。奇妙な琴の音、動く首、謎の中庭。本格ミステリー。

似鳥鶏・友井羊・彩瀬まる・芦沢央・島田荘司著

鍵のかかった部屋
―5つの密室―

密室がある。糸を使って外から鍵を閉めたのだ――。同じトリックを主題に生まれた5種5様のミステリ！ 豪華競作アンソロジー。

恩田陸・芦沢央・海猫沢めろん・織守きょうや・さやか・小林泰三・澤村伊智・前川知大・北村薫著

だから見るなといったのに
―九つの奇妙な物語―

背筋も凍る怪談から、不思議と魅惑に満ちた奇譚まで。恩田陸、北村薫ら実力派作家九人が競作する、恐怖と戦慄のアンソロジー。

吉川トリコ著

マリー・アントワネットの日記
(Rose/Bleu)

男ウケ？ モテ？ 何それ美味しいの？ 時代も国も身分も違う彼女に、共感が止まらない！ 世界中から嫌われた王妃の真実の声。

竹宮ゆゆこ著

おまえのすべてが燃え上がる

樺島《かばしま》信濃《しなの》は逃げていた。生活から。人生から。だがある日、弟が元恋人とやってきて……。愛とは。家族とは。切なさ極まる恋愛小説。

堀川アサコ著

おもてなし時空ホテル
～桜井千鶴のお客様相談ノート～

過去か未来からやってきた時間旅行者しか泊まれない『はなぞのホテル』。ひょんなことからホテル従業員になった桜井千鶴の運命は。

青柳碧人著

猫河原家の人びと
—一家全員、名探偵—

謎と事件をこよなく愛するヘンな家族たち。私だけは普通の女子大生でいたいのに……。変人一家のユニークミステリー、ここに誕生。

早坂　吝著

探偵ＡＩのリアル・ディープラーニング

天才研究者が密室で怪死した。「探偵」と「犯人」、対をなすＡＩ少女を遺して。現代のホームズVS.モリアーティ、本格推理バトル勃発!!

吉野万理子著

忘霊トランクルーム

祖母のトランクルームの留守番をまかされた高校生の星哉は、物に憑《と》りつく幽霊＝忘霊に出会う——。甘酸っぱい青春ファンタジー。

桜庭一樹著

青年のための読書クラブ

山の手の名門女学校「聖マリアナ学園」。謎と浪漫に満ちた事件と背後で活躍する読書クラブの部員達を描く、華々しくも可憐な物語。

宮部みゆき著

小暮写眞館（Ⅰ～Ⅳ）

築三十三年の古びた写真館に住むことになった高校生、花菱英一。写真に秘められた物語を解き明かす、心温まる現代ミステリー。

デザイン　川谷康久（川谷デザイン）

ケーキ王子《おうじ》の名推理《スペシャリテ》5

新潮文庫　な－93－5

令和二年七月一日発行

著者　七《なな》月《つき》隆《たか》文《ふみ》

発行者　佐藤隆信

発行所　株式会社新潮社

郵便番号　一六二―八七一一
東京都新宿区矢来町七一
電話　編集部（〇三）三二六六―五四四〇
　　　読者係（〇三）三二六六―五一一一
https://www.shinchosha.co.jp

印刷・錦明印刷株式会社　製本・錦明印刷株式会社

ISBN978-4-10-180193-3 C0193